国家出版基金项目
NATIONAL PUBLICATION FOUNDATION

宋詩派別論

梁　崑◎著

山西出版傳媒集團
山西人民出版社

圖書在版編目(CIP)數據

宋詩派別論 / 梁崑著. —太原: 山西人民出版社,
2014.12
(近代名家散佚學術著作叢刊 / 許嘉璐主編)
ISBN 978-7-203-08848-6

Ⅰ. ①宋… Ⅱ. ①梁… Ⅲ. ①宋詩—文學流派—研究
Ⅳ. ①I207.22

中國版本圖書館CIP數據核字(2014)第289793號

宋詩派別論

主　　編　許嘉璐
著　　者　梁　崑
責任編輯　梁晉華
助理編輯　張　潔

出 版 者　山西出版傳媒集團·山西人民出版社
地　　址　太原市建設南路21號
郵　　編　030012
發行營銷　0351-4922220　4955996　4956039
　　　　　0351-4922127(傳真)　4956038(郵購)
E-mail　sxskcb@163.com　發行部
　　　　　sxskcb@126.com　總編室
網　　址　www.sxskcb.com

經 銷 者　山西出版傳媒集團·山西人民出版社
承 印 廠　山西出版傳媒集團·山西人民印刷有限責任公司

開　　本　700mm×970mm　1/16
印　　張　12.75
字　　數　106千字
印　　數　1—3000冊
版　　次　2014年12月　第1版
印　　次　2014年12月　第1次印刷
書　　號　ISBN 978-7-203-08848-6
定　　價　28.00圓

《近代名家散佚學術著作叢刊》編委會

總主編　許嘉璐

編委會　王紹培　王繼軍　許石林　李明君
汪高鑫　趙　勇　梁歸智　樊　綱
（按姓氏筆畫排序）

總策劃　越衆文化傳播·南兆旭

出版工作委員會
主　任　李廣潔
副主任　姚　軍　石凌虚
委　員　周　威　梁晉華　徐　勝　顔海琴
張文穎　秦繼華　馮靈芝　張　潔

設計總監　李尚斌
設計製作　王秀玲　何萬峰　歐陽樂天

出版説明

近代名家散佚學術著作叢刊選取一九四九年以後未再刊行之近代名家學術著作共一百二十册，編例如次：

一、本叢書遴選之著作在相關學術領域具有一定的代表性，在學術研究方向、方法上獨具特色。

二、爲避免重新排印時出錯，本叢書原本原貌影印出版。影印之底本皆經專家組審定，原書字體大小，排版格式均未做大的改變，原書之序言、附注皆予保留。

三、本叢書分爲八大類，以作者生卒年編次。

四、爲使叢書體例一致，本叢書前言後記均采用繁體字排版。

五、個别頁碼較少的版本，爲方便裝幀和閲讀，進行了合訂。

六、少數學術著作原書内容有個别破損之處，編者以不改變版本内容爲前提，部分進行修補，難以修復之處保留缺損原狀。

七、原版書中個别錯訛之處，皆照原樣影印，未做修改。

八、所選版本之抽印本頁碼標注，起始至所終頁碼均照原樣影印，未重新編排標注新頁碼。

由於叢書規模較大，不足之處，殷切期待方家指正。

總序／

披沙瀝金，以爲鏡鑒

◇許嘉璐

多年來有一個問題始終在我腦中盤桓：爲什麽在十九世紀末到二十世紀初，在短短的幾十年裏，中國的各個學術領域竟涌現了那麽多大師級的人物？這是中國近代史上一個極爲重要的現象，我認爲，如果不能給出令人滿意的答案，我們撰寫的近代學術史將是不完整的，甚至是缺乏靈魂的。後來我知道，著名人類學家克羅伯曾提出過一個問題：爲什麽天才成群地來？看來這種現象的出現並非中國所獨有，思考其所以然的也大有人在。而在那一次世紀之交中國的情况，似乎應驗了「天才成群地來」這個令克氏久久不解的疑問。錢學森先生曾從相反的方向提出了相同的疑問：爲什麽我們這個時代出現不了杰出人才？後來人們稱這個問題爲「錢學森之謎」。

要回答這些疑問不是件容易的事。與其迅速地囫圇地探尋，不如先多了解那些讓中國近代學術（應該包括人文科學和自然科學）史上閃耀着光輝的大師們的作品和自述，從而在腦海里盡量「復原」他們所處的環境和在那種環境下的心理路徑，從中或許可以得到一些啓示。

有一點是顯然的，這就是他們雖然都已遠離塵世而去，但是他們獨立思考的品性、求知治學的真誠、困厄窮愁中對節操的堅守，恐怕是他們共同的主觀因素，一直影響到現在，而且將會永遠留存下去。

就思想界、學術界而言，二十世紀上半葉是一個新説和舊説碰撞，中學和西學融匯的大時代。那時的學人極爲重視言行操守，同時具備現代知識分子的理想信念；他們的學術研究十分純淨，絶少功利因素；他們的視界開闊，以包容的心態和嚴謹的風格造就了成果的大氣與厚重。至於在客觀因素一面，他們實際是在用工業化時代的事實解説着太史公所説的名山之作「大抵聖賢發憤之所爲作」，困厄苦難使得他們「皆意有所鬱結」。這種鬱結，幾乎和個人的名利毫無牽涉，他們永遠不能釋懷的，是民族的存亡、國運的興衰、民衆的福禍和文脈的續斷。

那個時代也是近代歷史上最大規模的中西古今學術調適、創新的時期，學術方法上的交互滲透和融合、創新亦可謂「於斯爲盛」。斯時之學人是要在封閉的屋墻上鑿出窗子的勇士，是使人能够看看外部世界的第一批導夫先路者；或者可以説，他們是在「意有所鬱結」時「彷徨」和「吶喊」的「狂人」。

相對於那時的哲人們，後來者是幸運兒。現在的形勢是，近三十年來學界空前繁榮，衆多學科有了長足之進，其中很重要的一點是學界有了更新穎、更廣闊的國際視野，似乎接續上了百年前的學壇盛事。但細想想，「古」與「今」還是有差别的。其异，主要不在於世界情勢、學術進展、工具改善這些客觀存在，而在於在廣泛吸收各國優長的同時，自身文化的主體性越來越受到重視，换言之，「拿來主義」已經延長了「拿來」的程序，加上了試用、甄别、篩選、吸收、融合、成長。就我孤陋所見，在當今地球上，面向所有异質文明，努力汲取我之所缺，其範圍之大和心態之切，似乎無出中國之右者。從這個角度説，我們已經超越了前輩。但是事情還有另外一面，學術，特别是人文學科，其職業化、「沙龍化」和功利性，以及隨之而來的浮躁病却嚴重了。從這個角度説，是不是我們已經後退得够可以的了？而這是不是我們這個時代出不了大師的原因之一呢？

民國學術界的特點之一是極爲注重對傳統的反省、批判與繼承。他們對傳統文化盡最大的努力進行整理和研究。一方面，由於戰亂頻仍，民不聊生，學者們擔起了讓中華文化薪火相傳的歷史責任；另一方面，他們要通過對中國傳統文化的整理、挖掘來重振民族自信心。這一時期對傳統文化進行整理的全面而深入是前所未有的，舉凡文字學、語言學、經濟學、法學、哲學、政治制度、書法繪畫、金石學……規模之宏大，研究之精微，令人嘆爲觀止。

民國學術推動了現代學科體系的建立。在對傳統文化整理和研究的基礎上，吸收西方的文化思想和理念，推動和建立了中國現代學科體系。例如，在對語言文字和音韵學成果進行整理、研究的基礎上開始着手規範之，建立了國語學；深入研究書法、國畫，將其融入了現代美術學科；在廢除舊有學制後逐步建立起小、中、大學較完整的科目和學科體系。

民國學術也改變了傳統學術方式，建立了新的研究範式。以現代科學考古爲發端，科研的實踐和成果使中國知識界真正認識到在實驗、比較基礎上的邏輯分析對學術研究的重要，推進了中國學術的一大演變。至於我們常説的打破士大夫傳統、走出書齋到田野鄉村和市民中進行調查研究、結束了經學時代、以歷史眼光檢視儒學和諸子等等，都是確立新學術範式的努力。這一轉變，也標誌着中國學術界脱胎换骨，全面進入了現代，爲此後的學術發展奠定了堅實的基礎。當然，西方啓蒙運動以來，在「現代性」和「現代化」裏潜伏着的缺陷和謬誤也傳到了中國，這些不能不在前哲的著作裏留下痕迹。這並不奇怪。類似的情況，古往今來孰能免之？猶如今天的我們，誰敢自稱我之所見就是永恒的真理？在這個問題上兩個時代所異者，或許就在昔時大家創立新説或譯註西學著作，往往是懷着對學術和前哲的敬畏而爲之，故而常常誤不在我；當今則往往出於對學問和他人的輕蔑，或以所研究的對象爲謀己的工具，因而難辭主觀之咎吧。翻閲他們的心血之作，這些復雜的狀況可以顯見，可以視之爲我們的一面鏡子。

滄海桑田，世事變幻，歷史的動盪和時代的遮蔽，使當年許多大師的一些極有價值的學術著作被棄於故紙堆中，不能不令人有遺珠之憾。爲此，山西人民出版社不惜以數年之艱辛，披沙瀝金，編輯出版這套近代名家散佚學術著作叢刊，凡一百二十册，計文學、史學、政治與法律、美學與文藝理論、民族風俗、宗教與哲學、經濟、語言文獻共八大類别。所選皆爲作者之純學術著作，無論是其見解、精神，抑或是其時代烙印，都是後輩學人可資借鑒的寶貴財富。他們出版這套叢書，意在讓世人不忘來程，知筆路藍縷之不易，爲民族文化的傳承再增薪木。

出版社的初衷，與我近年來所思所慮近似，故願略述淺見於書端，以與策劃者、編輯者和讀者共勉。

二〇一四年七月六日

改定於自安東回京途中

前言

◇趙勇

近代名家散佚學術著作叢刊的「美學與文藝理論」卷所收著作，僅掃描其書名，便可看出它們五花八門，往往指涉着更專門的學科。而把它們歸攏到「美學與文藝理論」的名目之下，我想大概是因爲它們的理論味更濃一些吧。

只是，要爲這一堆或中或西，或論詩或談曲或説戲的書作序，其難度不可謂不大。筆者並非音樂、美術、戲曲等方面的研究專家，只能説是對美學與文藝理論略知一二。於是便只好采用笨辦法，先認真讀書，再查閲相關資料，然後依次寫出一點讀後的感受來。

讓我們先從呂澂先生説起。

呂澂後來是以研究佛學而著稱於世的，但他早年對美學卻頗爲用心。一九一五年留日歸國後，他曾在上海美術專科學校任職兩年，此間結合教學，他便編撰了多種美學、美術著作，計有美學概論、美學淺説、現代美學思潮、西洋美術史、色彩學綱要等（注一）。美學淺説就是他這一時期的研究成果。

美學淺説共四十五頁，可謂一本名副其實的小册子。作者從「現代的美學和從前的美學」談起，梳理現代美學的源泉，思考現代美學的分歧點和統一點，進而確認何謂美感，何謂藝術品。而最終的落脚點則是「藝術與人生」。

從全書的架構看，作者顯然更看重現代美學。而所謂現代美學，既是從斐赫那（Fechner，今譯費希納）開始、注重經驗事實的實驗美學，也是栗泊士（Lipps，今譯立普斯）等人所開創的心理美學。前者有感於「由上的美學」太懸空，便從基礎的實驗工作做起，重視「黃金截」（Golden Section，今譯「黃金分割」），從而形成了「由下的美學」。而後者則更看重美學的心理學依據——「感情移入」（empathy，今譯「移情」）。可以看出，呂澂對於「感情移入」是極爲重視的，因爲這是他所確認的不同於單純快感的美感之所以發生的基礎所在。而由「感情移入」來區分美醜，進而確認美感和快感發生的原因，這種思路既偏重心理美學，也讓呂澂成爲中國最早倡導「生命美學」的美學家之一。於是他對藝術品的鑒定，強調的是個體生命的灌注。而他把「美的人生」看作審美的最終歸宿，亦可看作「生命美學」奏出的強音：「藝術和人生祇有一種關係，便是實現『美的人生』。」如何實現這種「美的人生」呢？最重要的方法有二：「第一，啓迪一般人美的感受，發達創作的能力，使他們自覺『美的人生』的必要，能逐漸實現出來。平常所說的『美育』，便有這樣的目的。第二，改革現代的產業組織，助成『美的人生』的實現。」從這些論說看，他的思考與蔡元培的美育思想很接近，而細究下去，恐怕相異之處也不在少數，但這已是一個很專門的話題了。

有研究者指出：「呂澂的美學淺說和現代美學思潮是在德國哲學家、心理學家摩伊曼的『美的態度』基礎上編譯的。」（注二）美學淺說是不是編譯之書，顯然需要做專門的研究，不是我在這裏能夠回答的。我想指出的是，作爲美學學說最早的介紹者和傳播者，美學家們在其研究中大量借用西方學界的研究成果，可能也是當時的一個通例。而這種情況在藝術之本質一書中體現得尤其明顯。

如果不讀到最後一頁，很容易認爲藝術之本質便是一本專著，因爲封面上有「范壽康著」的字樣。但是這本書的末尾卻出現了如下文字：「這一部小書的材料是取諸伊勢專一郎氏的著書。對於伊勢氏特表謝意。

十三年夏莫干山上編譯者識。」伊勢專一郎是日本的美術史研究專家，著有支那山水畫史：自顧愷之至荆浩等書。而藝術之本質究竟是全部編譯自伊勢氏著作，還是也融入了范壽康本人的感悟理解，就不得而知了。

由於是編譯之作，這本書頗顯得體係完備。全書共八章，除緒論之外，還分別在崇高、優美、感覺美、精神美、悲壯、滑稽與諧謔、醜的名目下展開了專章論述。而每章之下，所論也非常詳盡。以崇高爲例，作者先是在第一節中從量的感情、深的感情、内容與形式之關係和無形式雄大自由四個方面，論述「崇高之一般的形相」，又分別以兩節内容展開「崇高之主要的種類」：恐怖的崇高、戰慄的崇高、凄惨的崇高、沉鬱的崇高和壯麗、嚴肅、壯静、莊嚴、激情。這種分法很是細膩，顯示着日本學者做學問的特點。另一方面，作者又輔之以相關例证，夾敍夾議，把深奥的美學問題講得通透有趣。

呂澂主要是佛學家，而范壽康則主要是教育家。但他們早年又都介入美學領域，成爲美學理論的譯介者和傳播者。除此之外，他們兩人都曾在日本留學。雖然他們的美學理論多取自西方，但對日本美學界的研究成果多有譯介和借鑒。這也意味着，美學來到中國，除像朱光潛那樣直接從西方引進外，其實還有一條塗徑，那便是繞道日本。

張世禄先生是語言學家、音韻學家，所以在介紹到他的成就時，一般不會提到他早年的這本中國文藝變遷論。然而，即便用今天的眼光看，這本著作的學術價值也是不言而喻的。

據張世禄自己講，他寫此書是想矯正二弊：一弊是，研究中國文藝往往偏重於文藝的體制形式，「而於其内容之變遷如何，其受於時代思潮之影響者如何，其關於文藝本身外之事實如何，則罕有論及。此則不爲統體觀察之過也」。二弊是，「諸述文藝史者，大都僅羅列文學家作品與身世，以實各代史料而已；至於其相互遞嬗交替之關係，與受於時代變化之原因等等，則略而不講。此則缺乏歷史方法之過也」。職是之故，他借用法國學者泰納（Taine）時代、民族、地理三要素，用三十五章的篇幅，直把詩經以來文藝變遷的脈絡、路徑、成因等等論述得風生水起。其史料之翔實，思考之深入，灼見之迭出，令人過目難忘。比如，談及中國古無史詩之原因，他指出，中國不像印度和希臘的地理環境，或土地肥沃，或海闊天空，而是「非勤於操作，不能有獲」，「故其民族心理，常以發揮實踐躬行爲準的；虛無縹渺之思，殆爲先民所罕有」。另一方面，印度、希臘古代有多神觀念，敘述史事亦帶有神話色彩。「吾國偏於實際之人生，此種多神觀念，幾經洗煉蛻變；至有史時代，至高抽象之一神，所謂天道觀念者，已漸確立」。這樣一來，便「寧使文學之爲歷史化，而不容歷史之文學化」。凡此種種，都限制了中國史詩的發生。像這種論說，就頗令人玩味。

也需要指出的是，張世祿畢竟是語言學家，這樣，他看歷朝歷代文藝時，便或隱或顯地帶上了語言學家的眼光，打量出的東西也就不同尋常了。例如，談及漢代詞賦發達之原因，他在羅列「社會之富厚也，民族之強盛也，君主之好尚也，鄉學之發達也」之外，還特意指出了漢賦之盛，與當時小學的發達關係甚密。他特引日本兒島獻吉支那文學史綱的話說：「支那文字，以象形爲基礎；而指事會意形聲皆有一部分之象形。象形與圖畫，只有精粗之異耳，試觀郭璞江賦，通篇文字中以水爲偏旁者，占十之五六。水，象形字也；則滿目滔滔，流三江，注五湖之象，洋溢於紙上。更觀司馬相如之上林賦，篇中敘山者，崇峨崔嵬，嶄巗崛崎等字，皆冠以山。敘魚鳥者，亦如之，皆冠以魚鳥之偏旁。山與魚鳥，皆象形字也；故一篇文字，全體生動，善寫高山絶峯，峻極於天之雄勢；易使人想見鳥飛天魚躍淵之活境。皆於文字之構造，含有圖畫性質之所致。」由此可見，漢大賦之所以鋪張揚厲，雄偉壯觀，文字的鋪排也在其中扮演了重要角色。

談及宋詞時，中國文藝變遷論曾用短短一章内容論述其淵源與派別，而宋詩卻只字未提。這也難怪，因爲宋詩並非宋朝文學之主潮。但梁崑先生卻寫出了厚厚的一本宋詩派別論。在他的筆下，宋詩的各門各派一下子顯得條分縷析了。

梁崑開門見山地指出：「詩之有派別始於宋。欲論宋詩，不可不知其派別：蓋一派有一派之方法，一派有一派之習尚，一派有一派之長短，一派有一派之宗主。凡派別同者，其詩之方法同，習尚同，長短同，宗主同；苟不知其派別之異，徒執其一，以概其餘，曰宋詩云云，宋詩云乎哉？」正是意識到了派別在品評、鑒賞、分析、論説宋詩當中的重要性，梁崑便把宋詩各派做了詳細的歸類，區分出十一種之多，計有：香山派、晚唐派、西崑派、昌黎派、荆公派、東坡派、江西派、四靈派、江湖派、理學派和晚宋派。而每一派別，作者又大致遵循如下體例，分而述之：先是「小傳」，把某派中詩人群體之簡歷一一列出，並附有當時或其後對其詩歌的評論；接着是「宗主」，指出某派所法者何人，述其師承淵源關係；然後又是「習尚」，泛論某派詩歌的詩風、格調和藝術好尚；最後是「批評」，概括出某派詩歌的優劣、得失和短長。這樣一來，各詩派的方方面面就呈現得眉目清晰了。

比如，論及東坡派時，作者先把蘇軾、秦觀、張耒、晁補之、文同、孔文仲、唐庚等詩人的情況詳加敍述，然後考辨其宗主：「蘇派固無所專主，然必各受東坡影響；東坡固亦無所專主，然必對古詩家有所宗仰。」而在梳理前人六説的基礎上，他又特別指出：「竊忖度之：蓋東坡高才大力，無所不舉，無所不好，然早年在蜀學白樂天，中年入洛，出入歐公之門，受其薰染甚深……歐公詩體宗韓愈，故公中年詩亦學韓，晚年南謫惠州，始喜陶淵明……」通過這一番辨析，蘇軾之詩受何人影響才算是水落石出。言及習尚，作者認爲歐派習尚即東坡派之習尚，於是，在「重意」、「好述事」的層面兩派相同。但兩派雖然都「主氣」，「歐陽派是氣格，含有力氣而拘定一格之意，故極力欲其詩之爲奇怪奔險雄豪；東坡派是才氣，不含力氣之意，故任人之才氣求詞達而已，不欲限使趨於一體或加力爲之，以成奇怪奔險雄豪也。」這種辨析十分精細，道出了兩派在「氣」上的微妙之處。至於「批評」，作者認爲東坡詩派有一長四短：長在於「解放詩格」，「四短者何？一曰以文爲詩，二曰議論，三曰好盡，四曰粗率」。

實際上，這部書最有看頭之處應該便是「批評」部分的文字，因爲那裏正是作者的用武之地，所褒所貶頗見功力。也正因爲這部書對宋詩派別的評説頗下功夫，今天看來，其學術價值依然不容低估。有學者指出：「梁崑的宋詩派別論，是一部專門從流派入手研究宋詩的力作。……雖有泛流派的傾向，流派劃分的標準也不統一，甚至有些名目失當，但仍有借鑒意義。」（注三）

宋壽昌先生的中西音樂發達概況實際上是一本科普讀物，正如本書「卷頭語」中所言：「本書編輯的目的，在供給愛好音樂者具有音樂史的普通知識，故所述清晰而揭要，極易得到係統的領悟。」大概正是出於這一目的，這本書寫得提綱挈領，要言不繁，但又描摹出了中西音樂發展的綫索。例如，關於音樂效果，作者首先在三方面加以總結：「其一、是把音樂當做一種娛樂，用以調節疲勞，慰娛精神；這活動在音樂的效果中爲最普通。其二、以音樂作爲教化的工具，用它來陶冶性情，轉移人心，以收潛移默化的功效；由這活動所生的效果，便是所謂道德的效果。其三、音樂從生活中反映出來，進一步而作神的表現時，就成了音樂的宗教活動。」在此基礎上，他進一步指出：「我國的音樂，向來側重於上述第二方面的道德效果，這事實我們证之於各時代的史實，歷歷可考。」「中國音樂因爲以道德的效果爲中心，所以處處和政治發生密切的關係。像歷代國勢的盛衰，天下的治亂，以及帝王的文德武功，都象徵於音律中間。」有了這樣一個中心思想，作者便歷數各朝各代音樂與政治的關係，雅樂與俗樂的此消彼長，樂器的進化和演變。整個看來，此書的上半部分便成了一部中國音樂簡史。

下半部分作者特別指出，這本書並非音樂的「樂譜史」、「器樂史」、「樂制史」與「樂曲史」，而無非是想介紹一些音樂常識，爲欣賞名曲做些準備。職是之故，作者雖然以「原始時代的音樂」、「上古時期的音樂」、「中世紀的音樂」、「近世的音樂」和「現代音樂」五個部分展開論述，但音樂家的地位凸顯出來了。如談到德國的浪漫派音樂時，作者分別分析了修裴爾德（Franz Schubert，今譯舒伯特）、韋白（Kerd Maira von Weber，今譯韋伯）、孟德爾仲（Felix Mendelssohn Bartholdy，今譯門德爾松）和修茫（Robert Schumann，舒曼）的音樂特點，浪漫派音樂重内容感情，重個性表現的音樂風格也因此較詳盡地呈現在讀者面前。通過這種寫法，我們似也約略感受到了中西音樂的一點不同：中國的音樂源遠流長，但音樂家卻寥若晨星，而談及西方的音樂，許許多多的音樂家及其作品便撲面而來，那麽，究竟該如何解讀這一現象呢？

看來，我們得琢磨一下陰法魯先生的説法了。他曾指出：「孤立的音樂研究很難做好，研究音樂需要豐富的知識，尤其是歷史社會知識。研究音樂應該加上文化二字，音樂文化内涵豐富，除音樂本身之外，凡是與音樂有關的内容，都是音樂文化研究的範圍。」（注四）正是在這一意義上，我們應該把他的唐宋大曲之來源及其組織看作一本音樂文化研究著作，它所涉及的東西也遠遠大於一般的音樂研究。

據陰法魯先生説，他進入這一研究領域與導師羅庸和楊振聲二教授的指導密不可分。民國二十八年秋，他入北京大學研究院，兩位導師讓他研究「詞之起源及其演變」，並强調研究詞史要從「樂曲之見地，溯其淵源，明其體變」。「此時我開始接觸一些古代音樂，起初我不懂音樂，通過有關古代音樂的記載，越來越體會到羅先生所説『古代韵文是由於唱才發展起來的，唱是普遍的』這話是對的，用這種觀點可以解釋很多文學史上的問題。」（注五）而在本書中，作者也如此寫道：

爲統計及分析當時之詞調，曾先後纂輯「詞調長編」及「樂調長編」兩種。前者著録詞調八百餘，後者著録樂調兩千曲。從事既久，頗有所得。乃就各個詞調歸納門類，如何者屬於大曲，何者屬於雜曲等，先辨識清晰，然後分別逆溯其源，而由源返顧，復順推其流。如是，則詞調之來歷及其變遷，詞體之形成及其繁衍，庶皆可暢言其詳矣。顧燕樂中有大曲一種，每曲由十餘樂章組成，結構頗爲復雜。共爲唐代之梨園法部所用者，謂之「法曲」；如僅截取其後半部分，則稱爲「曲破」。故法曲與曲破皆可歸屬於大曲。大曲盛行於唐宋而爲兩代音樂最高之典制。其影響所及，不惟産生若干詞調曲調，即宋之雜劇，金之院本，元之雜劇亦莫不沿承其餘緒。其在文學史上所居地位之重要，可想而知。

這段文字既講治學心得，亦談路徑方法，順便也解釋了「法曲」、「曲破」和「大曲」幾個專有名詞，很值得玩味。沿着這種思路，作者遍搜唐宋大曲史料，分析大曲産生之背景，考訂大曲淵源及曲名，辨析大曲之結構，活兒做得是極爲精細的。查閲研究唐宋大曲的相關論文，發現許多人依然把這本書作爲重要的參考資料，可見其價值之大。而此書只是在一九四八年出過一個油印本，覓之不得。此次出版，實爲音樂研究界和文學研究界的福音。

還有一本書也涉及「組織」，這便是齊如山先生的中國劇之組織。所謂「中國劇」，書中「凡例」處解釋爲「大致以北京現風行皮黄爲本位」。而所謂「皮黄」，即現在的京劇，因京劇的腔調以西皮、二黄爲主，故有「皮黄」之稱。關於此書，有研究者曾指出：「他寫中國劇之組織的初衷是向外國人介紹中國戲曲藝術，以便服務於梅蘭芳訪日、訪美演出。此書幾乎涉及作爲綜合性舞臺表演藝術的戲曲的所有方面，齊如山後來的許多重要理論都萌芽於此書，所以此書是齊如山戲曲理論的一個總綱。」（注六）大概正是因爲此書「備譯爲西文，俾外賓知中劇之塗徑」，故作者分爲八章，在唱白、動作、衣服、盔帽靴鞋、髯鬚、臉譜、切末物件、音樂等名目下分而述之，而每一名目，又進一步細分論述，或詳或略，可以說是把京劇中所涉及的東西一網打盡了。筆者以爲，這種書實可稱爲京劇寶典，內行人可看出門道，外行人也看得熱鬧，因爲它普及了京劇知識。茲舉一例：

談及「背供」時，作者先是解釋：「背供者，背人供招也，係背人自道心事之意。兩人或數人，說話之時，其中一人，心內偶有感觸，便用神色表現，以便臺下知曉（在真人，亦一定有此情形）。若感觸之情節復雜，全靠神色表現，不易充足，則用白或唱，暗行說出。故打背供時，須用袖遮隔，或往臺旁走幾步，都是表示不使臺上他人知道的意思。但有時一人場上歌唱，或說白，亦是自述心事之義，與背供意義，大致相同，不得目爲無故自言自語也。」這種解釋，已把背供的意思解釋得一清二楚，更重要的是，作者又加一按語，有了延伸思考：

> 按背供一事，亦爲中國劇之特點，東西洋各國戲劇皆無之。亦爲研究西劇者所不滿。惟鄙人則以爲當年研究發明出此種辦法來，寔爲中國劇特優之點。何也？因戲劇一有背供，則省卻無數筆墨，省卻無數烘托，而添出許多情趣。再者，西洋劇亦有一人在場上，自言一二語之時，而真人亦恒有自言自語之時。其背供之來源，大致即由於此。況西洋歌劇，往往一人在臺上自歌自唱，試問此係對何人說話？不過背供之義耳。

這種思考在中西劇的對比中確認京劇背供之優，很有道理，也讓我想起了沙家浜·智鬥一場戲中對背供的改動。（注七）這意味着即便是革命現代京劇，背供也是必不可少的。不僅此也，而且還要在背供上狠下功夫，由此可見背供在京劇中的重要地位。

王鈞初先生後來以胡蠻爲筆名行世，筆名的名氣也就遮蓋了本名（他原名王洪，字鈞初），（注八）但中國美術的演變卻是以其本名面世的。據研究者統計，民國時期，不少學者都寫有中國美術或繪畫史之類的著作，計有近二十部之多，（注九）那麽，中國美術的演變在這些著作中究竟具有怎樣的特色呢？應該是運用唯物史觀的基本原理，首開了馬克思主義美術史的先河。而之所以如此，又與他的特殊經歷有關。有研究者梳理，王鈞初一九二九年從國立北平藝術學院西畫科畢業後，東渡日本考察藝術，接觸過一些革命美術家，訪問過日本左翼美術家聯盟。一九三〇年冬，他加入「美術家左翼聯盟」，並以「藝術起源於勞動」爲主題做過演講。不久又閱讀蘇聯伏裏契的藝術社會學和馬恩列斯的譯本著作。（注十）所有這些，都讓他的美術著作打上了唯物史觀和左翼的烙印。例如，他認爲「綫」的藝術和「色」的藝術的起源，是同時從勞動中生發而來的。前者是由於「尖骨器」的使用，後者則是因爲「火」的啓發和生理上感官的遺傳。像這種論述和判斷，沒有唯物史觀的原理做支撐，是斷然寫不出來的。而至二十世紀四十年代王鈞初寫中國美術史時，他更是依托在延安文藝座談會上的講話精神，歷史唯物主義的原理運用得更自覺也更嫻熟了。有論者指出，王鈞初的中國美術的演變與中國美術史聯係緊密，後者可看作對前者的發展和深化。其研究特點概括有三：一、在美術起源問題上，打破傳統的神話史觀、英雄史觀，提出藝術（美術）起源於勞動説。二、在影響美術發展的各種外部因素上，强調了經濟基礎的決定性作用。三、在美術創造動力論上，堅持以人民爲本位的思想。（注十一）單單驗之於中國美術的演變一書，這種概括也是可以成立的。

此書凡二十一章，每章標題一正一副。即便以今天的眼光看，這些題目也起得頗有新意，是很能吸引眼球的。如「藝術起源的烟幕——一些荒誕不經的傳説」，「從武器到食器——從狩獵生活到農業生活」，「鐵的火花與奴隸的血汗——伴着工具的發展而來的文明曙光」，「漆，簡，筆，紙，磚頭，瓦片——自然條件，生產條件與社會生活之綜合的形態」，「藝術聖人與民間藝術——從魯班，吴道子，説到樣子雷，畫丁，劉藍塑」等等，即可一見端倪。而全書行文活潑，其語調則不時顯露出革命美術家的一些霸氣，亦可看作此書的文風特色。

最後，我要談一談潘光旦先生的小青之分析了。書中所謂的小青即馮小青，是明朝末年的年輕女子。其風姿綽約，才華出衆。但下嫁馮生做妾後，大婦奇妒，便把小青打發到了孤山佛舍。小青遂鬱鬱寡歡，以泪洗面，「輒臨池自照，好與影語，絮絮如問答，人見輒止」。後一病不起，死時年僅十八歲。小青死後，爲她立傳者不少，其作品（古詩一首，七絶十首，天仙子詞一首和寄楊夫人書一封）亦被人編輯成集，定名焚餘。她的生平事迹也被改編成故事，寫成劇本，搬上了舞臺。一九二二年，時在清華讀書的潘光旦修讀梁啓超先生的中國五千年歷史鳥瞰之課程，課程結束時他提交馮小青考，以爲作業。梁啓超讀後大爲贊賞。其後，馮小青考發表於一九二四年的婦女雜志上。一九二七年，他又對馮小青考加工修訂，易名爲小青之分析，由新月書店出版。一九二九年再版時，復改書名爲馮小青——一件影戀之研究。（注十二）

潘光旦對馮小青現象窮盡各種資料，反復考查，其研究用意何在？其研究結果如何？應該主要體現在以下兩個方面：一、「小青生平事蹟甚離奇，亦甚哀艷；前人知其然，而不識其所以然，於是羣疑其僞託，以爲絶無其人。」而通過其考證，他認爲小青實有其人，其事蹟並非憑空虚構。二、更重要的是，他使用了新研究方法，得出了與前人完全不同的結論：「小青適馮之年齡，性發育本未完全；及受重大之打擊，而無以應付，慾性之流乃循發育之塗徑而倒退，其最大部分至自我戀之段落而中止；嗣後環境愈劣，排遣無方，閉窒日甚，卒成影戀之變態。」

把小青看作影戀病例之典型，可謂石破天驚之語。因爲小青哀艷的身世，出衆的才華，實在是很能獲得人們的同情的。有研究者甚至指出：「傳者的態度，表明了男性文人對於才女文化的欣賞和支持。」「通過小青與大婦的對比，寄托了晚明男性文人於女性一種新的性别想象和位置期待。」（注十三）然而，潘光旦的研究卻戳破了男性文人的那種幻覺，指出了一個嚴酷的事實。而他之所以能獨辟蹊徑，又是與特殊的學術經歷密不可分的。據他自己講，二十歲在清華讀書時，他便讀過了靄理士六大本的性心理學研究録。很快他又接觸到了弗洛伊德的學説。「同時，因爲譯者一向喜歡看稗官野史，於是又發見了明代末葉的一個奇女子，叫做馮小青，經與福氏的學説一度對照以後，立時覺察她是所謂影戀的絶妙例子。」（注十四）由此看來，潘光旦的這項研究，實爲西學東漸與中國古代例证碰撞之後結出的一枚果實。

這枚果實自然已跨越了學科邊界，它首先應該屬於性心理學，卻又波及社會學、文藝心理學等學科。有人甚至在文學批評學的層面釋放其意義，（注十五）我覺得也是可以成立的。

寫完我對具體書的一點心得後，我想再説幾句總的印象。這些書大都是作者早年的研究成果，有的甚至可算得上是其「少作」，但我們讀這類書，卻絲毫没有青澀之感，而是覺得很老到，仿佛他們已是治學多年、功力深厚的長者。他們寫出來的書也往往不厚，並非煌煌巨著，卻很有乾貨，問題也談得通透。而之所以能如此，大概是因爲他們首先以學術爲志業，心無旁騖，加之國學功底本來就好，年輕時又出洋留學，這樣便能啓獲新知，激活古籍，形成自己的真知灼見。近年來，「民國熱」已成知識界的一道風景，而看看民國學人著書立説的風采，想想我們這個時代著作文章的差距，或許便能明白真學問是怎麽回事了。

二〇一四年五月三十日

注一　李林：吕澂是誰？——漢語佛學界最嚴重的遺忘，太原師範學院學報二〇〇六年第五期

注二　高海燕：吕澂美學思想的研究，長春師範學院學報二〇一三年第五期

注三　張遠林、王兆鵬：宋詩分期問題研究述評，陰山學刊二〇〇八年第四期

注四　曾貽芬：陰法魯先生訪談録，史學史研究一九九七年第二期

注五　同上

注六　李軍：齊如山戲曲理論研究，山東大學博士學位論文，二〇〇八年五月

注七　參見汪曾祺全集第五卷，北京師範大學出版社一九九八年版，第二百四十至二百四十一頁

注八　參見王留成、邢長順：胡蠻傳略，中州統戰一九九六年第六期

注九　參見林樹中：近代中國美術史論著與上海美專，南京藝術學院學報二〇一一年第六期

注十　參見趙丹：時代思潮下的創獲：胡蠻學術貢獻概述，美術觀察二〇一四年第一期

注十一　參見李小汾：論民國時期胡蠻美術史研究中的馬克思主義傾向，美術研究二〇〇七年第二期

注十二　參見潘光旦：馮小青性心理變態揭秘，禎祥、柏石詮注，文化藝術出版社一九九〇年版，第三頁

注十三　張春田：「影戀」，性心理與「病」——潘光旦寫馮小青，書城二〇〇八年第九期

注十四　靄理士：性心理學·譯序，潘光旦譯註，三聯書店一九八七年版，第二頁

注十五　參見賴力行：潘光旦「馮小青：一件影戀之研究」的文學批評學意義，湖南師範大學學報二〇〇五年第二期

作者簡介

梁崑，生卒年不詳。活躍于二十世紀三十年代前後，民國宋詩研究學者。其代表作宋詩派別論是這一時期開創價值較大、體例更新的斷代詩史著作，一破此前文學史、詩史以代表作家之羅列來述史的陳套，改以詩歌體派之產生、發展和演變來述史。鑒于歷來宋詩研究中的拘執一端、以偏概全之弊，書中闡明了欲研究宋詩，必先明其派别的主張，并提出自己的分派方法。本書把宋詩分爲香山、晚唐、西崑、昌黎、荆公等十一派，論述各派的源流、長短、宗主、習尚等，在宋詩研究領域有較大影響。

目次

宋詩派別論

一　分派法之商榷

詩之有派別始於宋。欲論宋詩，不可不知其派別：蓋一派有一派之方法，一派有一派之習尚，一派有一派之長短，一派有一派之宗主。凡派別同者，其詩之方法同，習尙同，長短同，宗主同；苟不知其派別之異，徒執其一，以概其餘，曰宋詩云云，宋詩云乎哉？元明以來，論宋詩者，多失於不分派別，如四溟詩話曰：『或涉議論，而失於宋體；』藝圃擷餘曰：『議論高處，逗宋詩之徑；』皆以議論爲宋詩之病；殊不知宋詩中，惟昌黎體、東坡體、荆公體始有是病，若西崑派、四靈派、江湖派皆不得概謂之病於議論。滄浪詩話曰：『本朝尙理而病於意，』何大復漢魏詩序曰：『宋詩言理，』皆以說理爲宋詩之病；殊不知宋詩中，亦惟道學體、昌黎體、荆公體、始有是病，若西崑派、四靈派、江湖派亦皆不得概謂之病於說理。圍爐詩話曰：『宋以來詩多傷淺薄，』然若西崑派者，得謂之淺薄乎？白華詩說曰：『宋人多不講音韻，所以大遜於唐，』然若西崑派、江西派、荊公體是宋詩中講音韻之尤者，得謂宋人多不講音韻耶？載酒園詩話曰：『宋初詩人全學晚唐，』然宋初固有學白居易、學李玉谿者也。養一齋詩話曰：『宋人鍊字之法，力求峭健，多拗曲不明；』然江西派外，其作法如此者，亦惟昌黎體耳。由此觀之，欲研究宋詩，而不先明其派別者，未可也。

宋詩之派別如何？歷來論者或詳或略，或是或否，若合考參取，刊其冗贅，一其稱謂，則庶乎有當！

（一）清宋犖漫堂說詩：『宋初晏殊錢惟演楊億號西崑體；仁宗時歐陽修梅堯臣蘇舜欽諸君，多學杜、韓，王安石稍後，亦學杜韓；神宗時，蘇軾黃庭堅謂之蘇黃，又黃與晁補之張耒陳師道秦觀李廌稱蘇門六君子；庭堅別開江西詩派，爲江西初祖；南渡後，陸游學杜蘇，號爲大宗；又有范成大尤袤陳與義劉克莊諸人，大概杜蘇之支分派別；其後有江湖四靈徐照翁卷等，專攻晚唐五言。』案宋氏所分，計（一）西崑，（二）杜韓，（三）蘇氏，（四）江西，（五）杜蘇，（六）江湖，（七）四靈七體，而杜韓體，杜蘇體之名，嫌於含混，不可用也。

（二）清全祖望宋詩紀事序：『宋詩之始也，楊劉諸公最著，所謂西崑體者也。慶曆以後，歐蘇梅王數公出，而宋詩一變。涪翁以崛奇之調，力追草堂，所謂江西詩派者，而宋詩又一變。建炎以後，東夫之瘦硬，誠齋之生澀，放翁之輕圓，石湖之精緻，四壁俱開；乃永嘉徐趙諸公，以清虛便利之調行之，則四靈派也，而宋詩又一變。嘉定以降，江湖小集盛行，多四靈之徒也。及宋亡，而方謝之徒，相率爲迫苦之音，而宋詩又一變。』案全氏所論宋詩共四變，而爲派者凡六：即（一）西崑、（二）慶曆、（三）江西、（四）建炎、（五）四靈、（六）方謝之徒。雖言及江湖小集盛行，而斷以多四靈之徒，似尚無派之之意。

（三）清汪槐堂題宋百家詩存後：『西崑沿五季，遺俗尚忲忸，能事王黃州，訓辭亦深厚；繼之梅歐陽，燦耀光列宿；髯蘇一代豪，落筆巨鯨吼；同時濂洛賢，風雅振先後，紛紛遞述作，南渡格變又；渭南富天才，崇臺九成構，楊監與蕭尤，下視匹篷霤；石湖頗排奡，簡齋劇孤秀；汐社多變壞，噍殺出泉竇；獨愛晞髮人，九歌可馳驟，變體雙井翁，造語獨矯揉；江西詩派圖，幾輩尚墨守；九僧格律粗，四靈篇幅瘦，江湖諸小集，肴核分飣餖。』案汪氏分宋詩爲：（一）西崑，（二）王黃州，（三）梅歐，（四）髯蘇，（五）濂洛，（六）陸楊蕭尤范陳，（七）汐社，（八）九僧，（九）江西，（十）四靈，（十一）江湖十一體，而以陸楊蕭尤范陳合爲一體，最龐雜不可從。

（四）四庫提要：『王禹偁初學白居易，楊億等倡西崑體，歐陽修梅堯臣始變舊格，蘇軾黃庭堅益出新意，南渡以後，擊壤一派參錯流行，至於四靈江湖二派，遂弊極不復。』案提要分宋詩爲（一）白體，（二）西崑，（三）歐梅，（四）蘇黃，（五）擊壤，（六）四靈，（七）江湖七體，然以蘇黃同體者，非也。

（五）元戴表元序洪潛甫詩集：『汴梁諸公，其博贍者謂之義山，豁達者謂之樂天，宣城梅聖俞出，一變而爲沖淡，豫章黃魯直出，又一變而爲雄厚，邇來百年間，永嘉葉正則倡四靈之目，一變而爲清圓。』案戴氏分宋詩爲：（一）義山，（二）樂天，（三）聖俞，（四）魯直，（五）四靈五體。

（六）元袁桷書湯西樓詩後：『自西崑體盛，襞績組錯，梅歐諸公發爲自然之聲，窮極幽隱，而詩有三宗焉。夫律正不拘，語腴意贍者，爲臨川之宗；氣盛而力夸，窮抉變化，浩浩焉滄海之碣石也，爲眉山之宗。神清骨爽，聲振金石，有穿雲裂石之勢，爲江西之宗。二宗爲盛，惟臨川莫有繼者。於是唐聲絕矣。至乾淳間，諸老以道德性命爲宗，其發爲聲，詩不過若釋氏輩條達明朗，而眉山江西之宗亦絕。永嘉葉正則始取徐翁趙氏爲四靈，而唐聲漸復。』案袁氏分宋詩爲七派：（一）西崑，（二）梅歐，（三）

臨川，（四）眉山，（五）江西，（六）道學，（七）四靈，而別臨川爲一體，乃其特見。

（七）元方回序羅壽可詩：『宋剗五代舊習，詩有白體、崑體、晚唐體，白體如李昉、徐鉉、徐鍇、王禹偁、王漢謀；崑體則楊億、劉筠、西崑集傳世，宋郊、宋祁、張詠、錢惟演、丁謂皆是；晚唐體則九僧最逼眞，寇準、魯三交、林和靖、魏野、魏閑、潘閬、趙湘之徒。歐陽修出焉，一變爲太白昌黎之詩，蘇子美二難相爲頡頏，梅堯臣則唐體之出類者也，蘇軾踵歐陽公而起，王安石備衆體，精絕句，五言或三謝，獨黃雙井專尙少陵，惟呂居仁克肖，天下詩人北面矣，立爲江西派。陳簡齋、曾文清爲渡江之巨擘，乾淳以來，尤范楊陸蕭其尤也。道學宗師，於文無所不能，詩其餘事，而高古清勁盡掃餘子；又有一朱熹，嘉定而降，稍厭江西，永嘉四靈復爲九僧舊晚唐體，日淺日下；然有餘杭二趙，復爲上饒二泉，典型未泯。』案方氏分宋詩爲十體：（一）白體，（二）崑體，（三）晚唐，（四）歐陽，（五）梅堯臣，（六）蘇軾，（七）王安石，（八）江西，（九）道學，（十）四靈，就中於白體崑體晚唐體序述最爲分明，而將呂陳曾三公尤楊范陸蕭五公及二趙二泉之脈絡隱約析爲江西之三期，尤屬可取，惟以歐梅別爲二體，未爲允當。

（八）滄浪詩話：『國初之詩，王黃州學白樂天，楊文公劉中山學李商隱，盛文肅學韋蘇州，歐陽公學韓退之，梅聖俞學唐人平淡處，至東坡山谷始以己意爲詩，山谷用功尤爲深刻，其後法席盛行，稱爲江西派，近世趙紫芝翁靈舒輩獨喜賈島姚合之詩，江湖詩人多效其體。』案嚴氏分宋詩共八派：（一）王黃州，（二）西崑，（三）盛文肅，（四）歐陽公，（五）梅聖俞，（六）東坡，（七）江西，（八）四靈，就中盛文肅學韋蘇州說，爲其他論者所無，然盛公作品不傳矣；而歐梅之別爲二體，則與方回同病。

爰酌八說，考其實際，取學白樂天者謂之香山體，取宋初學姚賈者，謂之晚唐體，取與歐陽修詩氣味同者，謂之昌黎體，取與王安石詩氣味同者謂之荊公體，取與蘇軾詩氣味同者謂之東坡體，取以李商隱詩爲準者謂之西崑派，取以杜黃詩爲準者謂之江西派，取南宋時以姚賈詩爲準者謂之四靈派，取在江湖小集中者謂之江湖派，共九體；而取道學家者謂之道學體，取宋亡節士者謂之晚宋體附後；蓋以道學詩體非詩家正統，晚宋詩家非純宋時人也。更次以時代，而詳論其各派之源流長短宗主棄捨方法習尚等，庶幾有裨於研究宋詩者。

二 香山派

五代擾攘五十餘年，詩道零落，作者只沿襲唐人，不遑改創，雖西蜀、南唐，堪稱晏定，然偏處一方，無能爲力；及宋告一統，息武修文，而倉卒之間，號稱詩家者，不過五代舊臣，惟直接沿襲五代舊習，間接沿襲唐人而已；滄浪詩話謂：『國初之詩，尙沿襲唐人，』葉燮原詩謂：『宋初襲唐人之舊，如徐鉉王禹偁輩純是唐音。』是也。

【小傳】（一）徐鉉字鼎臣，廣陵人，仕南唐，爲翰林學士，歸宋官散騎常侍，世稱徐騎省，有騎省集。在江東時與韓熙載齊名，號韓徐，以文章議論稱。鉉及弟鍇又俱精小學，鉉詩皆率意而成，自造精極，具有元和風律，故流易有餘，深警不足。香祖筆記曰：『徐常侍詩文都雅，有唐代承平之風；』其詩如寒食成判官垂訪曰：『常年寒食在京華，今歲清明在海涯；遠巷踏歌深夜月，隔牆吹管數枝花。鴛鸞得路音塵闊，鴻雁分飛道里賒，不是多情成二十，斷無人解訪貧家。』卒年七十五。（梁貞明元年九一六——淳化二年九九一。）

（二）李昉，字明遠，深州饒陽人，漢乾祐中進士，周顯德中仕至翰林，宋太祖在周朝，已知其名，及卽位，用以爲相，太宗遇昉亦厚，數知貢舉，卒謚文正，晚年嘗與參政李公至爲唱和友，有二李唱和集，詩格相類。昉詩甚平夷雅正，不求奇險瑰麗，爲得香山之體；如禁林春値曰：『疎簾搖曳日輝輝，直閣深嚴半掩扉，一院有花春晝永，八方無事詔書稀；樹頭百囀鶯鶯語，梁上新來燕燕飛，豈合此身居此地。妨賢尸祿自知非。』臺閣之作，最易典麗富贍，而公獨不然。享年七十二。（後唐同光三年九二五——至道二年九九六。）

（三）王禹偁，字元之，鉅野人，太平興國八年進士，官至知制誥，貶黃州，徙蘄州卒。著述頗富，今惟存小畜集三十卷，外集七卷。其詩古雅淡簡，如其爲人。太宗嘗稱爲當日文章獨步，盛名之下，可以想見。彥周詩話曰：『本朝王元之詩可重，大氏語迫切而意雍容。』藝槩曰：『王元之詩，五代以來未有其安雅。』載酒園詩話曰：『王禹偁秀韵天成，雖學白樂天，得其淸不得其俗。』皆美元之者。石洲詩話曰：『小畜集五言學杜，七言學白，皆一望平弱。』此不足於元之者。宋詩啜醨集雪帆曰：『元之詩長篇，於歐蘇間似伯仲，其七律則淸深警秀，神韵當在元和大歷間，非元祐諸人所能及也。』此則分體而論贊元之詩者。稱心而言平弱固是元之一短，而淸雅實亦元之一長，古體雖未能媲美歐蘇，然律體風趣高長，誠或在元祐諸人之上，如遊虎丘寺詩曰：『寺牆圍着碧孱顏，曾是當年海湧山，盡把好峯藏院裏，不教幽景落人間；劍池草色經冬在，石座苔花自古斑，珍重晉朝吾祖宅，一回來此便忘還。』享年四十八。（周顯德元年九五四——咸平四年一〇〇一。）

（四）王奇字漢謀，贛縣人，爲縣掾吏，後遊京師，眞宗聞其名，特許殿試，官至殿中侍御史，大約太宗眞宗時（九七六——一〇二二）人。方虛谷稱其詩學樂天，江西詩徵中輯存奇詩數首，如旅中有感曰：『澤國來遊豈厭重，羇孤懷感自無窮，雁聲不到歌樓上，秋色偏欺客路中；宿寺夢回蓮葉雨，渡江衣冷荻花風，誰憐未得靑雲志，琴劍年年西復東！』

（五）徐鍇字楚金，鉉之弟，仕江左至中書舍人，亦能詩，方虛谷謂其學白樂天，惜所作皆不存，無由斷其是否。惟寬夫詩史云：『徐鍇年十餘歲，羣從游宴，賦詩，令爲秋詞，援筆立成。』其詩曰：『井梧紛墮砌，塞雁遠橫空，雨久苔莓紫，霜濃薜荔紅。』可見其幼年敏捷。享年五十五。（梁貞明六年九二〇——開寶七年九七四。）

【宗主】　五代詩人有宗白樂天體者，此派卽其遺裔，胡元瑞詩藪曰宋初諸子多祖樂天，如李昉學白樂天，靑廂雜記云：『昉詩務淺切，效白樂天體』。徐鉉學白樂天，瀛奎律髓曰：『鼎臣詩有白樂天之風，』王禹偁詩學白樂天，禹偁示子詩曰『本與樂天爲後進，敢期子美是前身，』自注云：『予自謫居時，多取白公詩，時時玩之，』諸人中以王元之生最晚，而詩名最高，堪爲此派之首，徐鉉李昉曾仕事五代，復爲宋官，於禹偁可云前輩；禹偁之學樂天，蓋受徐李諸公之影響。寬夫詩話曰：『國朝初沿襲五代之餘，士大夫皆宗白樂天，王黃州主盟一時。』然自禹偁歿後，此派亦絕。

【習尙】　樂天詩派既學樂天，則樂天習尙，卽樂天詩派之習尙。樂天作詩，好言人所能知者以求易，墨客揮犀：『白樂天每作詩令一老嫗解之，問曰解否？曰，解，則錄之；不解，則又復易之。』樂天作詩，又好人所欲言者以求平，甌北詩話：『元白詩尙坦易，務言人所共欲言。』坦猶平也，然則樂天詩派之習尙，亦爲平與易矣。平者衆人所共欲言，謂詩之意平；易者衆人所共能知，謂詩之辭易。意既平，辭既易，則其爲詩必非艱深幽奧，故樂天詩不押險韻，不用奇字，不加琢飾，不作矯情，不苦思慮，而樂天詩派，亦絕不見險韻奇字雕飾矯情苦思之跡；蓋苦思矯情雕飾奇字險韻，乃樂天詩派所摒棄而不爲者也。

【批評】 樂天在唐時，本欲矯排奡鏤琢之弊，故標平易二義，然病善相兼，不可爲諱。樂天詩派旣學樂天，故樂天病卽樂天詩派之病，樂天善卽樂天詩派之善，考樂天詩有七病：（一）曰語滑，姚鼐序今體詩抄曰：『香山有滑俗之病，』樂天詩派亦有此病，如王元之登高：『節近登高忽嘆嗟，經年憔悴別京華，二車何處搔蓬鬢，九日山川見菊花，夢裏榮衰安足道，眼前杯酒且須賒，商于鄒魯雖迢遞，大底攜家卽是家。』末句尤滑。（二）曰詞衍，（三）曰意盡，（四）曰字俗，（五）曰文淺，歲寒堂詩話曰：『白太傅詩，但其詞傷於太煩，意傷於太盡，遂成冗長卑陋耳。』夫煩者是病衍，盡者是病意無餘而太露，卑者是傷俗，陋者是傷淺也；樂天詩派亦有此諸病，如徐鉉除夜：『寒燈耿耿漏遲遲，送故迎新了不欺，往事幷隨殘曆日，春風寧識舊容儀，預慙歲酒難先飲，更對鄉儺羨小兒，吟罷明朝贈知己，便須題作去年詩。』了不欺三字衍，尾二句亦衍也。如王元之放言：『誰信人間是與非，進須行道退忘機，卦逢大壯羝羊困，鄉入無何蛺蝶飛，澤畔衣裳蘭作佩，山中生計竹爲扉，飢腸已共夷齊約，一曲高歌去采薇。』直瀉而下，尾二句意盡也。如王元之寄傳翙：『聽說魚臺景最奇，鮑參軍到語多時，天晴綠野懸魚網，木脫空城露酒旗，擲鮮錦鱗紅撥刺，雪翻白鷺寒襹褷，仍誇縣尹風騷客，應有秋來唱和詩。』首句聽說二字尤俗也。如徐鉉送蒯司錄歸京：『早年聞有蒯先生，二十餘年道不行，抵掌曾論天下事，折腰猶悟俗人情，老還上國歡娛少，貧聚歸貲結束輕，遷客臨流倍惆悵，冷風黃葉滿山城。』首二句極淺薄。(六)曰作率，詩鏡曰：『遣意鑄詞，元修白率。』樂天詩派亦有此病，徐鉉之言曰：『文速則意思敏壯，緩則體勢疎慢，』可以想見；如王元之中元夜仙泉寺留題：『祭廟回來略問禪，薛牆莎井碧山泉，風疏遠磬秋開講，水響寒車夜救田，藍綬有香花菡萏，竹窗無寐月嬋娟，自慚政術貽枯旱，忍臥松陰漱石泉。』律詩而重兩泉字韵，失檢之極，苟非率意而成，焉能若是。(七)曰氣弱，寬夫詩話曰：『司空圖善論前人詩，如謂「元白爲力倞氣孱，乃都會之豪估」切中其病。』氣孱卽氣弱，樂天詩派亦有此病，如徐鉉遊山南諸寺：『便返城闉尚未甘，更從山北到山南，花枝似雪春雖半，桂魄如眉日始三，松蓋遮門寒黯黯，柳絲妨路翠毿毿，登臨莫怪偏留戀，遊宦多年事事諳。』通首無氣勢，三四兩句尤弱也。又考樂天詩有三善(一)明易，(二)自然，詩鏡曰：『白詩情到語流，無粧點之病；』

情到語流是其明易，無粧點之病是其自然，樂天詩派亦有此善，如徐鉉寄南郵陳郎中：『故人相別動經年，候館相逢倍慘然，顧我飲冰難輟棹，感君扶病爲開筵，河灣水淺翹秋鷺，柳岸風微噪暮蟬，欲識酒醒魂斷處，謝公亭畔客亭前。』毫無深奧語，甚明易也。如王元之題張處士溪居：『雲裏寒溪竹裏橋，野人居處絕塵囂，病來芳草生漁艇，睡起殘花落酒瓢，閑把道書尋晚徑，爲愛盤飧有藥苗。』通首無琢鏤之跡，三四兩句尤爲自然。(三)曰眞實，詩鏡曰：『白樂天詩淺淺能眞；』卽美其眞實也。樂天詩派亦有此善，如徐鉉貶官秦州出城作：『浮名浮利信悠悠，四海干戈痛主憂，三諫不從爲逐客，一身無累似虛舟，滿朝權貴皆曾忤，繞郭林泉已遍遊，惟有戀思終不改，半程猶自望城樓。』脫口道出腑肺語，而無扭捏僞飾狀，是眞實也。王徐李諸公詩如所舉例者，實屬甚多。

至於樂天詩派流行年代，自宋太祖建隆元年（九六〇）迄王元之卒眞宗咸平四年（一〇〇一）約四十一年，然自太宗雍熙以後，（九八〇）晚唐詩派突興，樂天詩派亦未能獨霸四十一年間也。

三　晚唐派

宋開國三十餘年後，樂天詩派雖正流行，而另有一派出與對峙者，卽晚唐詩派；晚唐詩派盛於太宗眞宗朝，彼時著名詩家，竟不約同趨，而諸家非隱士卽僧人，顯者綦少，甚足怪也。

【小傳】（一）魏野，字仲先，蜀人，居陝州。陝州本唐詩人姚合之鄉，野號草堂居士，平生不論貴賤，皆以白衣紗帽見，出則跨白驢，好彈琴賦詩，有警句：『數聲離岸櫓，幾點別州山』得名，眞宗召之，閉戶踰垣而遁，終身不仕，卒贈著作郎，當世顯人多與之遊，寇萊公每加前席，服膺其人與詩，身後詩名雖不及林逋，當日聲價實在其上；遼使至宋，曾求其全集，則野之詩名已傳播至北夷矣。玉壺野史：『魏野詩固無飄逸俊邁之氣，但平朴而常不事虛語爾！』後村詩話：『魏野詩皆逼姚賈，而少誦之者，』娛書堂詩話：『魏仲先詩沖淡閑逸，前輩稱其佳句甚多，』四庫提要：『野詩尙仍五代舊格，未能及林逋之超詣，而胸次不俗，無齷齪凡鄙之氣；』參觀四說，可得其實。所著東觀集十卷，今存。其詩如書友人屋壁：『達人輕祿位，居處傍林泉，洗硯魚吞墨，烹茶鶴避烟，閑惟歌聖代，老不恨流年，靜想閑來者，還應我最偏。』卒年六十。（建隆元年九六〇——天禧三年一〇一九。）子閑，亦有詩名，卒年八十四。（太平五年九八〇——嘉祐八年一〇六三。）

（二）寇準字平仲，華州人，太平興國中進士，官至中書侍郎同中書門下平章事，封萊國公，雖居高位而有儉德，風節剛勁，事業絢炳，爲宋代良相，卒謚忠愍，有寇忠愍公集三卷傳世。考晚唐派中惟寇公獨登顯位，而潘魏九僧輩皆與爲友，寇公無形中爲之盟主。溫公詩話稱：『其詩才思融遠，初知巴東縣有詩云：「野水無人渡，孤舟盡日橫」爲人膾炙。』四庫提要稱：『其詩含思悽惋，綽有晚唐之致，骨韻特高，終非凡艷可比。』今舉其冬夜旅思詩：『年少嗟覊旅，烟霄進未能，江樓千里月，雪屋一龕燈，遠信憑邊雁，孤吟寄岳僧，爐灰愁擁坐，硯水半成冰。』氣味與魏野輩無大差異。享年六十三。（建隆二年九六一——天聖元年一〇二三。）

（三）林逋字君復，錢塘人，或云奉化人，居於西湖孤山，不娶不仕，以梅鶴爲伴，人稱其梅妻鶴子，當世名公多與交往，詩譽甚盛，尤善詠梅；眞宗聞其名，詔賜粟帛，卒謚和靖先生，有和靖詩集四卷；

五七言律均精，爲學晚唐詩之不可多得者。一生苦吟，自摘出五言十三聯，七言十七聯，如『草泥行郭索，雲木叫鉤輈，』又『夕寒山翠重，秋靜鳥行疏，』又『橋橫水木已秋色，寺依雲峯更晚晴，』又『疎影橫斜水淸淺，暗香浮動月黃昏，』皆膾炙人口。宋詩鈔稱『其詩平澹邃美而趣向博遠，』四庫提要稱『其詩澄澹高遠，如其爲人，』深雪偶談稱『其詩精緻，不減唐人，』此皆贊之者。寬夫詩話曰『和靖梅花詩疎影橫斜云云，誠爲警絕，然其下聯乃云「霜禽欲下先偸眼，粉蝶如知合斷魂」則與上聯氣格全不相類，若出兩人；大氏和靖詩喜於對意，雖假對亦不草草，故氣格不無少貶。』此則不足於和靖者。其詩如寄思齊上人『松下中峯路，懷師日日行，靜鐘浮野水，深寺隔春城，閤掩茶烟晚，廊回雪溜淸，當時相就宿，詩外話無生。』享年六十二。（乾德五年九六七——天聖六年一〇二八。）

（四）潘閬大名人，與賈島之故鄉范陽相距不遠，閬自號逍遙子，或曰字逍遙，嘗遨遊兩浙，故或謂爲錢塘人；能詩，太宗詔對，賜進士及第，官滁州參軍，因忤法而避匿，卒於泗上，當時文士，如寇準王元之林逋張詠柳開宋白輩，皆與之友，有逍遙集傳世。中山詩話：『潘閬詩有唐人風，』四朝聞見錄：「潘閬居錢塘，工唐風，」古夫于亭雜錄：「宋初潘閬跅弛不羈，然其詩實有可觀，在唐人中亦推高作。」皆謂閬詩足以媲美唐人。陸子遹書逍遙集後「潘閬魏野句法淸古，語帶烟霞，近世罕及；」四庫提要：「閬詩間有五代粗獷之習，而其他風格孤峭，尙有晚唐作者之遺，」亦美閬詩之風格。如寄陳希夷「不信先生語，剛來帝里遊，淸宵無好夢，白日有閑愁，世態旣如此，壯心應已休，求歸歸未得，吟上水邊樓。」雖由苦吟而成，亦實古朴，且無琢鏤之迹。

（五）趙湘字叔靈，淸獻公抃之祖，原籍京兆，徙於衢之西安，淳化三年進士，曾官廬州廬江尉，追贈司徒，有南陽集傳世。宋祁序之曰：「叔靈詩不傍古，不緣今，獨行太虛，探出新意，其無藉一家者歟？」祁與湘同時，此乃應酬之作，贊美未免過甚，然探出新意一語，實得叔靈苦吟搜索之旨。四庫提要：「湘詩運意淸新，而風骨不失蒼秀，雖源出姚合，實與彫鏤瑣碎務趨僻澁者迥殊。」所論最爲平允。其詩如寄楊塤：「閉門苔自長，春恨極天涯，落日山橫木，空城雨過花，斷狂曾避蝶，多病更聞蛙，江上無消息，風吹渡柳斜。」

（六）魯三交名交，字叔達，蜀潼川人，仕至虞州員外郎，有三江集，今佚。黃山谷稱爲魯三江，方回稱爲魯三交，實即一人。山谷書鮮洪範長江詩後：『余聞蜀人有魯三江者，號稱能詩，今觀閬州鮮長江詩，不甚愧之也，雖切磋琢磨之功少，而渾厚之氣幾度其前矣。』然則魯三江詩，必甚有切磋琢磨之功，而少渾厚之氣，故方回以三江與魏野輩同列於晚唐體也。交詩僅於宋文鑑、前賢小集拾遺、瀛奎律髓、西蜀藝文志數書可見數首。其詩如遊華山張超谷：『太華鎖深谷，我來眞景分，有苗皆是藥，無石不生雲，急瀑和烟瀉，淸猿帶雨聞，幽棲未忍別，峯半日將曛。』

（七）九僧。九僧者，（一）劍南人希晝，（二）金華人保暹，（三）南越人文兆，（四）天台人行肇，（五）汝州人簡長，（六）靑城人惟鳳，（七）淮南人惠崇，（八）江東人宇昭，（九）峨嵋人懷古。六一詩話曰：『國朝浮屠以詩名於世九人，故時有集號九僧詩，今不復傳。余少時聞人多稱之，其一曰惠崇，餘八人者，忘其名字也。今人多不知有所謂九僧者矣。』温公詩話曰：『歐陽公云九僧詩集已亡，元豐元年秋，余於進士閔交如舍得之。』若此，則歐陽司馬時，九僧詩已不著於世，賴温公得其本而流傳之；今醫學書局有影印宋九僧詩，蓋即温公所得本也。九僧詩當以惠崇爲魁，崇有摘句圖一百聯，久膾炙人口，故六一所能記者，惟惠崇一人。楊文公談苑曰：『楚僧惠崇工詩，於近代僧子中，最爲傑出。』

瀛奎律髓曰：『九僧詩惠崇最爲高，』皆以惠崇當其首。九僧生非一地，寺非一嶽，而互相酬和，寇萊公嘗與往來，頗稱許之，蓋氣味同之故歟？温公詩話：『九僧詩其佳者亦止於世人所稱數聯而已，』貶之也！瀛奎律髓：『人見九僧詩或易之，不知其幾鍛鍊幾敲推乃成一句一聯，不可忽也。』美之也！詩藪：『九僧諸人蓋皆與寇平仲楊大年同時，其詩律精工瑩潔，一掃唐末五代鄙倍之態，幾於升賈島之堂，入周賀之室；佳句甚多，第五言律外，諸體一無可觀，而五言亦絕不能出草木鳥獸蟲魚之外。』貶且美之也！諸公之言，俱不可廢，今舉其詩各一首：

希晝書惠崇師房：『詩名在四方，獨此寄閑房，故域寒濤闊，春城夜夢長，禽聲沈遠木，花影動迴廊，幾爲分題客，殷勤掃石牀。』

保暹宿宇昭師房：『與我難忘舊，多期宿此房，臥雲歸未得，靜夜話空長，草際沉螢影，杉西露月光，天明共無寐，南去水茫茫。』

文兆送簡長師之洛：『動靜非常態，超然西去心，水期經洛聽，雲約到嵩吟，齋訪烟村遠，禪依竹寺深，秖應風雅道，相府是知音。』

行肇酬夢眞上人：『禪舍因吟往，晴來坐澈宵，春通三徑晚，家別九江遙，巢重禽初宿，窗明葉旋飄，住期應未定，謝守有詩招。』

簡長送行禪師：『南樓山重疊，歸心向石門，寄禪依鳥道，絕食過漁村，楚雪黏瓶凍，江沙濺衲昏，白雲深隱處，枕上海濤翻。』

惟鳳與行肇師宿廬山棲賢寺：『冰瀑寒侵室，圍爐靜話長，詩心全大雅，祖意會諸方，磬斷危杉月，燈殘古塔霜，無眠向遙夕，又約去衡陽。』

惠崇訪楊雲卿淮上別墅：『地近得頻到，相攜向野亭，河分岡勢斷，春入燒痕青，望久人收釣，吟餘鶴振翎，不愁歸路晚，明月上前汀。』

宇昭寄保暹師：『吟會失秋期，荒山寄病時，客髭生白早，叢木落青遲，渴狖窺莎井，陰蟲占菊籬，歸心何以見，霜月下天涯。』

懷古寺居寄簡長：『雪苑東山寺，山深少往還，紅塵無夢想，白石自安閑，杖履苔痕上，香燈樹影間，何須更飛錫，歸隱沃洲山。』

【宗主】五代詩家俱法唐人，一派宗白樂天，一派宗賈閬仙，寬夫詩話曰：『唐末五代俗流以詩自喜者，皆宗賈島，謂之賈島格，而於李杜不少假借；』此派卽沿五代而宗閬仙者。閬仙體盛於晚唐，故名此派曰晚唐詩派。瀛奎律髓曰『太宗朝詩人多學晚唐，』後村詩話曰：『國初詩人如潘閬魏野規規晚唐格調，寸步不敢走作』皆是。詳考載籍，亦各有徵，如潘閬憶閬仙詩：『風雅道何玄，高吟憶閬仙，人雖終百歲，君合壽千年，骨已埋西蜀，魂應北入燕，不知天地內，誰爲讀遺編？』推崇賈島，可謂備至！則閬詩必宗賈島。載酒園詩話：『九僧詩俱宗閬仙，』則九僧詩亦宗賈島。瀛奎律髓：『萊公詩學晚唐，與九僧體相似，』則寇準亦宗賈島。四庫提要：『趙湘詩源出姚合，』然武功詩本效賈島，則趙湘亦宗賈島。瀛奎律髓：『林和靖詩，予評之在姚合之上，』則林逋亦宗賈島。故晚唐詩派皆宗賈島無疑。

【習尙】晚唐詩派既學賈島，故晚唐詩派之習尙，卽賈島之習尙。（一）重近體輕古體，晚唐派者詩集中絕尠古體；（二）重五律輕七律，升菴詩話曰『晚唐一派學賈島，其詩不過五言律。』（三）重腹聯輕首尾，載酒園詩話曰：『效賈體，多專意中聯，忽略首尾；』（四）重景聯輕意聯，瀛奎律髓曰：

「每首必有一聯工，又多在景聯，晚唐之定例也；」(五)鍊句而不鍊意，西園詩塵曰：『晚唐有句而無篇，』即其徵也；(六)忌用事而貴白描，升菴詩話曰：『晚唐一派最忌使事，謂之點鬼簿，惟搜眼前景而深刻思之。』

【批評】 晚唐詩派病多而善寡，其病曰狹，蓋專攻近體而篇幅狹，專點綴景物而詩境狹，篇幅詩境俱狹，則詩之內容外貌皆狹矣。六一詩話：『九僧時有進士許洞者因會諸僧分題，出一紙，曰不得犯此一字，乃山水風雲竹石花草雪霜星月禽鳥之類，諸僧皆閣筆。』實則限以此律，即潘魏林趙諸人境界稍寬者，亦極感困難，而不得不閣筆，故瀛奎律髓亦曰：『晚唐詩料，於琴棋僧鶴茶酒竹石等，無一篇不犯也。』是以晚唐派詩皆無變化無波瀾，其氣象大同，幾於千人一篇千篇一律，下李杜盛唐之雄博浩闊者，奚啻萬里？其善曰工，蓋晚唐派之詩，於腹聯無一字一聲不加推敲，非元祐諸人之疏略可比，而工警之句，甚可沁人心脾，驚泣鬼神，試誦潘閬敍吟詩，足以推知晚唐詩派之工夫何在！其詩曰『高吟見太平，不恥老無成，髮任莖莖白，詩須字字清，搜疑滄海竭，得恐鬼神驚，此外非關念，人間萬事輕。』首尾四句，可推見晚唐詩派欲繼唐人之志作專門詩家，中四句可推見晚唐詩派之苦力求工，字字不放。載酒園詩話曰：『宋初詩人學晚唐，氣格不高，而中聯特多秀色，皆晚唐淸警之句也。』則晚唐詩派之工，竟克繼晚唐矣。

至其流行年代，大氐在太平興國與天聖間。考太宗太平興國五年（九八〇）魏野已二十歲，寇準已十九歲，而準十九歲中進士，詩格已成，歷眞宗，至仁宗天聖六年（一〇二六），林逋始卒。逋較派中諸人死最遲，而自逋死後，此派勢力始歸寂寞。約計晚唐詩派流行年代在四十八年左右也。

四　西崑派

唐初有應制詩，宋初有西崑體。西崑體固非應制詩，然其風格典麗一也。論者謂革五代衰颯之習，應宋初富盛之境，純宋產物，當以西崑爲權輿，良非誣妄！蓋西崑前雖有模倣樂天與模倣晚唐二體，而二體皆始自唐末五代，非若西崑派之純由宋人出也。

西崑所以名爲西崑者，以創始諸人詩集名西崑酬唱集也，其所以名爲西崑酬唱集者，楊億序曰：『取玉山策府之名命之。』案「玉山」，山海經曰：『是西王母所居。』「策府」，穆天子傳注曰：『往古帝王以爲藏書册之府，所謂藏之名山者也。』然則西崑命名之意，以其體屬初創，知者尙寡，欲藏名山以俟其人耶？抑又所謂翰苑酬唱所作之義耶？

西崑酬唱集共十七人，皆西崑健將，然以楊錢劉三公爲魁，是爲初期，爲正派。楊億西崑酬唱集序述其原起曰：『余景德中忝佐修書之任，得接羣公之游，今紫微錢君希聖、祕閣劉君子儀，並負懿文，尤精雅道，雕章麗句，膾炙人口，予得以游其藩牆而咨其模楷，更迭唱和，互相切劘，其屬而和者又十有五人。』楊公此序似西崑體始自錢劉二人。雲麓漫抄曰：『本朝之文，循五代之舊，楊文公始爲西崑體。』儒林公議曰：『楊億在兩禁，變文章之體，劉筠錢惟演輩皆從而斆之，時號楊劉，佻薄者謂之西崑體。』觀此二說，又似西崑體始自楊億。韵語陽秋曰：『咸平、景德中，錢惟演劉筠首變詩格，而楊文公與王鼎王綽號江東三虎，詩格亦與錢、劉絕相類，謂之西崑體。』若此說，則似楊王與錢劉本各獨樹一幟，繼以詩格相類，又得同處於館閣，更唱迭和，因成西崑酬唱集，世人遂統稱曰西崑體。平心論之，當以韵語陽秋之說爲長，楊公之序乃謙詞，儒林公議乃傳語，未可泥之！酬唱集中，以楊劉詩最佳，故時稱楊劉；又以楊劉爵位最高，故置楊劉之作居首焉。

【小傳】 初期

（一）楊億字大年，浦城人，七歲善屬文，雍熙元年年十一，詔試詩賦，中童科，後爲翰林學士，知制誥，預修册府元龜，文格雄健，才思敏捷，當世文士，咸賴題品，有集百九十四卷，今惟存武夷新集二十卷。對牀夜語曰：『楊大年唱西崑體，一洗浮靡而尚事實；』小草齋詩話曰：『宋初楊大年守唐人法度，武夷集篇篇雄渾穩重，』卒諡文，享年四十七歲。（開寶七年九七四——天禧四年一〇二〇）如偶懷：『銀礫飛晴霰，蘭英湛凍醪，年光侵葆髮，春恨寄雲袍，燕重銜泥遠，鴻驚避弋高，平生林壑志，誤佩呂虔刀。』

（二）劉筠字子儀，大名人，咸平元年進士；楊億試選人校太清樓書，擢筠爲第一，久居文翰，與楊齊名，時號楊劉，爲祕閣校理至龍圖閣學士，有集七種皆佚，其文辭工對儷，卒於天聖二年（一〇二四）。如戊申年七夕：『伯勞東翥燕西飛，又報黃姑織女期，天帝聘錢還得否，晉人求富是虛辭。』

（三）錢惟演字希聖，吳王俶之子，入宋官翰林學士直祕閣，文辭清麗，與楊劉齊名，有擁旄集、伊川集，皆佚，享年七十餘，卒於天聖八年（一〇三〇）諡思，改諡文僖，歐陽修曾出其幕下。紀昀嘗曰：『楊錢劉皆有義山風味，勝西崑他詩之堆砌，』如柳絮：『三月江南花漸稀，春陰漠漠雪霏霏，章台街裏翻輕吹，灞水橋邊送落暉，陸凱傳精梅暗落，韓憑遺恨蝶爭飛，詔書漫道吹綸薄，誰見紛紛上客衣。』

（四）李宗諤字昌武，深州饒陽人，李昉之子，第進士，官翰林學士，有集已佚，詩品於楊劉錢三公外，當推此子，享年四十九。（乾德二年九六四——祥符五年一〇一二）如館中新蟬：『雨過新聲出苑牆，烟輕餘韻度回塘，短亭疎柳臨官道，平野西風更夕陽，八斗陳思饒賦詠，二毛潘髩易悲涼，感時偏動騷人思，不問天涯與帝鄉。』

（五）陳越字損之，尉氏人，咸平中舉開封賢良方正，官著作郎直史館，享年四十。（乾德元年九六三——祥符五年一〇一二。）

（六）李維字仲方，肥鄉人，李沆之弟，雍熙二年進士，眞宗初獻聖德詩，官戶部員外郎直集賢院，景德後朝廷名物典章，多出維手，景祐元年追贈尙書僕射。

（七）劉隲，官工部員外郎直集賢院。

（八）丁謂字公言，又字謂之，長洲人，淳化三年進士，官知制誥樞密直學士，拜同中書門下平章事，封晉公，駒父詩話嘗嘆其詩屬對律切，享年七十二。（建隆二年九六一——明道二年一〇三三。）

（九）刁衎字元賓，昇州人，仕南唐爲集賢校理，歸宋爲駕部員外郎直祕閣，曾預修册府元龜，

卒年六十九。（晉開運二年九四五——祥符六年一〇一三）

（一〇）張詠字復之，鄄城人，太平興國五年進士，官樞密直學士至禮部尚書，性剛直，博典籍，精武事，自號乖崖子，有乖崖集行世，詠於酬唱之作，實效楊劉，而本集中多與西崑體不侔，苕溪漁隱叢話曰：『乖崖詩，句清詞古，與郊島相先後』是也。卒年七十。（晉天福六年九四一——祥符三年一〇一〇）

（一一）錢惟濟字巖夫，惟演之弟，入宋，官思州刺史，加司空，保靜軍觀察留後，卒謚宣惠，有玉季集，已佚。

（一二）任隨，官太常丞，值集賢院。

（一三）舒雅，字子正，歙人，久事南唐李氏，入宋爲祕閣校理，監舒州靈仙觀，享年七十餘，卒於祥符二年（一〇〇九。）

（一四）晁迥，字明遠，澶州人，徙家彭門，太平興國五年進士，官翰林學士，直史館，知制誥，以太子少傅致仕，天聖中，年八十四始卒，謚文元。幼從王禹偁學，及仕，好延譽後進，宋祁，晏殊，皆其門人。有翰林集道院集，已佚。

（一五）崔遵度字堅白，江陵人，徙家淄川，太平興國八年進士，官左司諫直史館，卒年六十七。（周顯德元年九五四——天禧四年一〇二〇。）

（一六）薛映字景陽，蜀人，第進士，官禮部尚書集賢院學士，仁宗即位（一〇二三）後卒，謚文恭。

（一七）劉秉，官左諫議樞密直學士。

初期作家，除酬唱集中十七人外，尙有韵語陽秋所稱之王鼎王綽及玉壺清話所稱之朱巽、孫僅、王貽永輩，惜今不可詳考也。

餘派

初期勢力，流布甚廣，然其詩往往失之巧麗，致祥符中下詔禁文體浮艷，天聖中又下詔勅學者去文體之浮華，其勢力猶未盡沮也。迨正派諸人已歿，反動漸起，石介首作怪說曰：『今楊億窮妍極態，綴風月，弄花草，淫侈巧麗，浮華纂組，刓鎪聖人之經，破碎聖人之言，離析聖人之意，蠹傷聖人之道；』痛詈西崑已無完膚；而昌黎詩體又將興，於是西崑勢力始歇；惟亦有足述者數人，卽晏殊與二宋是也。雖中山詩話曰：『祥符天僖中，楊大年錢文僖晏元獻劉子儀以文章立朝，皆宗尙李義山，爲西崑體。』宋景文筆記曰：『天聖初元以來，縉紳間爲詩者益少，惟丞相晏公殊，錢公惟演，翰林劉子儀數人而已。』似皆以晏殊與楊劉等同爲西崑初期人物；案之年歲，則晏殊於楊劉本屬後進，楊公死時，晏殊纔二十九，特以早慧，故得親炙楊劉，受其影響；劉攽宋祁蓋混言之，實當列殊爲西崑餘派也。

（一）晏殊字同叔，謚元獻，臨川人，七歲能屬文，眞宗景德初，詔試，賜同進士出身，辭章贍麗，應用不窮，尤工詩，雅有精思，抒情寓物，氣多温宏，官集賢殿學士同中書門下平章事兼樞密使，好汲引後進，如二宋歐范之流，皆出其門；著作極富，末年編集，詩過萬首，有集二百四十卷，全佚，今惟存元獻遺文一卷行世；卒年六十五。（淳化二年九九一——至和二年一〇五五）如寓意：『油壁香車不再逢，峽雲無迹任西東，梨花院落溶溶月，柳絮池塘淡淡風，幾日寂寥中酒後，一番蕭索禁煙中，魚書欲寄何由達，水遠山長處處同。』

（二）宋庠字公序，初名郊，字伯庠，安州安陸人，徙居開封雍邱，天聖二年進士，官翰林學士至樞密使，封莒國公，謚元憲，著述極富，皆佚；惟清四庫全書據永樂大典鈎稽得元憲集四十卷，詩文溫雅瑰麗，渢渢乎治世之音，與弟祁齊名，時稱大宋小宋。西清詩話曰：『二宋俱爲晏元獻門下士』；石洲詩話曰：『宋莒公兄弟並出晏元獻之門，其詩格亦復相類，皆去楊劉不遠』；古今詩話曰：『宋莒公好玉谿詩』。卒年七十一。（至道二年九九六——治平三年一〇六六）。如春晚獨遊沂公園：『幾曲鳴溪抱嘯臺，陰陰野氣壓浮埃，林間幽鳥自相語，水上落花何處來，逃相故畦無廢汲，封侯修竹是元裁，三川病尹妨賢久，終卜林扉養不才。』

（三）宋祁字子京，與兄庠同舉進士，官至工部尚書，謚景文，著述極富，皆佚；惟清四庫全書據永樂大典鈎稽得景文集六十五卷，又佚存叢書內有景文殘集十卷。祁曾與歐陽修同修唐書，詩文皆博奧典雅，熙熙然有承平之氣，直齋書錄解題稱祁自云：『年至六十，始悔少作』；豈六十歲以後，始不作西崑體耶？卒年六十四。（咸平元年九九八——嘉祐六年一〇六一）。如臘後晚望：『寒日繫難定，鳴笳弄已休，凍崖初辨馬，昏谷自量牛；漢樹臨關密，胡泉入塞流，登高能賦未，風物古堯州。』

三公外同時尚有文彥博、趙抃、胡宿輩，其詩亦屬西崑體。漁洋詩話曰：『世謂宋初學西崑體，不知更有文忠烈、趙清獻、胡文恭三家，其工麗妍妙不減前人；潞公以功名顯，清獻以清直著，而詩格殊不類，亦一奇也。』以其非專門詩家，今不詳述。

據以上諸人生卒年歲，得知丁謂死，初期作家已盡，其勢力亦因之消滅；自丁謂死至宋庠死，西崑餘派作家又俱盡，其勢力於是全沒矣。換言之：自眞宗咸平元年（九九八）至仁宗明道二年（一〇三三），共三十五年間，爲西崑最盛期，自明道三年（一〇三四）至英宗治平三年（一〇六六），共三十三年間，爲西崑衰沒期，總計西崑體共延綿六十八年左右。

【宗主】　西崑詩派之宗主，惟李義山耳。苕溪漁隱叢話：『李義山詩，楊大年諸公皆深喜之。』中山詩話：『楊大年、錢文僖、晏元獻、劉子儀爲詩，皆宗尚李義山，號西崑體。』至其何以獨宗李義山乎？則義山詩富麗精腴，能合諸公之環境與脾胃而已。韵語陽秋：『西崑體大率效李義山之爲，豐富藻麗，不作枯瘠語，故楊文公在至道中得義山詩百餘篇，至於愛慕而不能釋手；公嘗論義山詩以爲包蘊密緻，演繹平暢，味無窮而炙愈出，鑽彌堅而酌不竭，使學者少窺一斑，若滌腸而洗骨。』或以爲西崑派亦喜唐彥謙之作，石林詩話『楊大年劉子儀皆喜唐彥謙詩，以其用事精巧，對偶親切；』然竊意唐彥謙詩不過西崑一二人偶爾之喜悅，非其專心所宗仰也。至其何以又喜唐彥謙詩乎？石林詩話已明言『以其用事精巧，對偶親切，』而寬夫詩話亦曰：『楊文公尤酷嗜唐彥謙詩，當是時以偶儷爲工耳？』升菴詩話又曰：『唐彥謙絕句，用事隱僻而諷諭悠遠，似李義山。』讀三公之論，可以知矣。至若才調集凡例所謂『西崑體推尙溫庭筠、李商隱、段成式，而唐彥謙、曹唐輩佐之』之說，則非其本眞，可置不論。

義山詩，辭雖繁縟，而格實學杜；王荆公曰：『唐人知學老杜而得藩籬者惟義山一人而已。』特以才力學力不同，故造詣之外貌終異。唐彥謙晚唐人，後於義山其詩格力雖卑弱，而亦學老杜；后山詩話曰：『唐人不學老杜，惟唐彥謙學之。』由此以觀，則西崑詩蓋間接學老杜體，然最不可解者，即西崑諸人絕不喜老杜；中山詩話曰：『楊大年不喜杜工部，謂爲村夫子，』何耶？

【習尙】 西崑詩既宗玉谿，故玉谿詩好對偶，西崑亦好對偶，玉谿好用事，西崑亦好用事，玉谿好麗字，西崑亦好麗字，玉谿好近體，西崑亦好近體，以期必達玉谿之富麗精腴而後已。

玉谿名句：如『此日六軍同駐馬，當年七夕笑牽牛，』儷對之精，實可驚嘆！而西崑之儷對：如『力通靑海求龍種，死諱文成食馬肝』句，足與媲美；觀西崑律體中二聯無不切對者，排律則開首卽對，一直到底，多者至三數十韵，而終篇不懈，儷無不審，西崑之好對偶可以知矣。且楊、劉所以取唐彥謙者，葉夢得已明言以其對偶親切也。

玉谿無論詩文皆好用事，楊文公談苑：『義山爲文，多簡閱書册，左右鱗次，號獺祭魚』無一首不用事，往往有全首八句皆用事者，如八日卽事一詩之類是也。西崑體倣效之，有過而無不及；雖餘派晏、宋諸人，間喜韋應物詩，用事稍寡，然惟較初期楊、劉諸人爲較寡耳，與他派相較，未得謂寡。瀛奎律髓：『凡崑體必於一物之上，入故事人名年代等以實之，』人名年代亦用事之例也；是以西崑尤可云無一首不用事；若全首用事者，亦在在可見，如楊億述懷感事三十韵，及劉筠所和之詩，皆排律也，而句句用事，尤爲難能。西崑之好用事，於此可證。且楊、劉所以取唐彥謙者，葉夢得已明言又以其用事精巧也。

玉谿詩本以華麗著名，蓋其用字華麗也，如席曰瑤席，羃曰金羃，枕曰金縷枕，杯曰玉交杯，戶曰繡戶，樓曰畫樓等皆是。西崑效之變本加厲，如燭曰銀燭，壺曰玉壺，署曰仙署，臺曰丹臺，闈曰粉闈，闕曰絳闕等皆是。瀛奎律髓曰：『凡崑體，必於一物之上，入金玉錦繡等字以實之，』竊謂崑體不止用金玉錦繡等字，如顏色字、香料字、宮闕字、神仙字、等等麗字，亦皆用以實之，總期其華麗也。

玉谿生於晚唐，晚唐詩人皆好近體，四庫提要：『中唐以後，世務以聲病諧婉相尚，其奮起而追古調者，不過韓愈等數人。』玉谿限於風氣，自難脫外，彥周詩話曰：『李義山詩字字鍛鍊，用事婉約，仍多近體，』故酬唱集內，凡五七律二百四十七章，無一古體，其餘派如晏、宋諸公，今之所傳，亦以近體爲多。

總之：對偶、用事、麗字、近體，四者爲西崑之風尚。對偶者欲其嚴整，用事者欲其興腴，麗字者欲其富艷，近體欲其鏗鏘；然四者既爲西崑之長所由生，又爲西崑之短所由生也。

【批評】 西崑盛時，舉世崇尚，及歐、梅輩出，遂一蹶不振。平心論之：西崑體固不盡善，亦未可厚非。宋世文宗之歐陽修、王安石，何以皆有取於西崑？蓋西崑必有不可湮沒之長也。其長如何？曰：文辭密麗，氣象安雅，一方建立盛世之雅音，以爲治時之觀飾；藝槩曰：『西崑體格雖不高，五代以來，未有其安雅。』一方掃滅五代之弊習，以創造純宋人之詩歌；儒林公議曰：『西崑體雖頗傷於雕摘，然五代以來蕪穢之氣由茲盡矣。』然則或攻西崑爲全不足觀者，不亦誣乎？此乃專就西崑體在詩史上之價值而言。若就其修辭論之：則其對偶之精，用事之切，華麗、鏗鏘，皆嘔心鏤骨而作，非毫無補於詩道者。筆精曰：『楊大年、劉子儀、錢惟演爲詩，號西崑體，組織華麗，用事精確，對偶森嚴，卽義山不是過也。豈可概目宋詩爲陳腐哉？』詩藪曰：『西崑體，人多訾其僻澁，然諸人才力富健，格調雄整，視義山不啻過之！』是也。

其弊如何？曰太雕琢，不自然，一也；珊瑚鉤詩話：『西崑體非不佳也，而弄斧操斤太甚，所謂七日而混沌死也；』風月堂詩話：『西崑體句律太嚴，無自然態度；』劉後村跋刁通判詩卷『本朝詩，崑體過於雕琢，性情寖遠；』皆是。曰太堆砌，無意味，二也；隱居詩話：『楊億、劉筠作詩，務積故實，而語意輕淺，一時慕之，號西崑體，識者病之；』寬夫詩話：『義山詩用事深僻，語工而意不及，自是其短，世人反以爲奇而效之，故崑體之弊適重其失；』姚鼐序古體詩抄：『西崑之擬玉谿，但學其隸事耳，殊滯於句下，都成死語』皆是。

【起因】 西崑起自楊、劉，而盛行於眞宗之世；嘗究西崑詩體興起，蓋有三故矣。

一曰國家富康。換言之，卽西崑體爲治世之產兒。宋興七十年，民不知兵，富而敎之，至於眞宗極矣。蓋時乂年泰，民生充裕，始能生艷麗之文章，雍和之雅音；苟戰伐互迭，民生憔悴，則餬口不暇，安望其文章典雅？西崑諸公生當渢渢盛世，受境遇之融沐，故於不知不覺中而造成西崑體；蘇子美序石曼卿集曰：『祥符中，民風豫而泰，操筆之士，率以藻麗爲勝』是也。

二曰文選盛行。夫六朝文章所以藻麗者，以精使事、嗜對偶、講聲律、鍊麗字耳，唐人最喜文選學，故唐詩之盛，不得不歸功文選，以老杜之博大高明，猶戒其子曰『熟精文選理』，則文選爲用，可想見矣！宋初文士亦甚喜文選，西崑諸人適當其時，因之而喜玉谿詩，因之而自爲詩亦好用事，好對偶，好近體，好麗字，成爲西崑體詩也。老學菴筆記曰：『國初尙文選，當時文士專意此書，故草必稱王孫，梅必稱驛使，月必稱望舒，山水必稱淸暉，至慶曆以後，惡其陳腐，諸作者始一洗之；方其盛時，士子至謂之曰「文選爛，秀才半」』是也。

三曰諸公皆官居館閣，夫館閣乃翰藻之場，或草制頌，或作箋啓，或著史紀，皆期其宏麗典雅，類以四六爲文；而四六之文，又必以對偶諧律用事麗字爲高。觀西崑諸公，或位祕閣，或直史館，或官翰林，或仕集賢，耳目所接，心手所造，浸以成習，當然不自意以對偶諧律用事麗字移之於詩；況官居清要，體處禁闕，品物之見，悉極瓌寶，又何怪有體裁縟麗之西崑詩乎？

以上所論，計香山詩、晚唐詩、西崑詩三體。瀛奎律髓曰『宋詩之有唐味者，皆在眞廟以前三朝』，蓋卽上所論太祖時之香山詩太宗時之晚唐詩與夫眞宗時之西崑詩派，此後諸體，則多與唐味離矣。

五　昌黎派

此體作者皆古文家，故謂曰古文詩體亦可。彼輩生於西崑體盛行之際，目擊其弊，自然立幟相抗，爲其反動；及西崑既衰，此派勢力始繼之而大張，實爲宋詩最賦權威者之一體。後世詩家受其影響者頗不乏人，至其創始者雖爲穆伯長，而首領終當推歐陽修。

【小傳】（一）穆修字伯長，鄆州人，祥符二年進士，官泰州司理參軍，有穆參軍集三卷；初受象數於陳摶，傳其先天圖，而古文亦高雅得韓、柳之風，名臣言行錄云：『尹洙學古文於穆伯長，』案歐陽修又學古文於尹洙，故論者以宋朝古文之作，伯長爲最先，而古文體詩之作，亦以伯長爲最先也。曾作巨盜詩刺丁謂，句語不落虛空，蘇子美爲作哀文曰：『其爲文皆根柢於道』者，良是。卒年五十四。（太平興國四年九七九——明道元年一〇三二。）燈詩『黯黯有時當永恨，依依何處照閑眠，靜臨客枕愁寒雨，遠出漁篷耿暝烟，纖影乍欹還自立，冷花時結不成圓，銷魂猶憶江樓夜，曾對雛觴賦短篇。』

（二）石延年字曼卿，一字安仁，其先幽州人，徙家宋城，舉進士，官至太子中允，自少以詩酒豪放自得，爲文勁健，有集已佚。蘇子美嘗序之曰：『祥符中，操筆之士，率以藻麗爲勝，惟祕閣石曼卿與參軍穆伯長自任以古道，作於文，必經實不放於世，而曼卿之詩，又時震奇發秀，獨以勁語蟠泊，而復氣橫意舉，灑落章句之外，其詩之豪者歟？』石介作三豪詩曰：『曼卿豪於詩，社壇高數層；』歐陽修哭曼卿詩曰：『作詩幾百篇，錦繡聯瓊琚，時時出險語，意外研精粗，窮奇變雲烟，搜怪蟠蛟魚；』六一詩話曰：『石曼卿詩格奇峭；』歐陽修又嘗稱其詭怪，比之盧仝；詩林廣記曰：『曼卿詩如飢鷹乍歸，迅逸不可言；』然則曼卿之詩格：曰勁、曰險、曰豪、曰怪、曰奇峭、曰迅逸，可以概之矣。卒年四十八。（淳化五年九九四——康定二年一〇四一）如送人遊杭：『激激霜風吹黑貂，男兒醉別氣飄飄，五湖載酒欺吳客，六代成詩倍楚橋，水樹漸青含晚意，江雲初白向春驕，前秋亦擬錢塘去，共看龍山八月潮。』

（三）余靖字安道，曲江人，天聖二年進士，官至工部尙書，卒諡襄，有武溪集二十卷，文極簡樸，兼能詩。宋詩抄曰：『靖詩堅鍊有法，時歐陽修變體復古，靖與交厚，故亦棄華取質，爲有本之學。』享年六十五，（咸平三年一〇〇〇——治平元年一〇六四。）如寄廣州田諫議頤堂：『退食公堂暇，應無俗慮侵，簾開雙燕影，吏散百花陰，海域逍遙境，榮途澹泊心，政成先養正，惠愛及民深。』儒雅之氣，中和之音，非舞文弄墨者比。

（四）石介字守道，奉符人，躬耕徂徠山下，人稱徂徠先生，天聖八年進士，官至太子中允，有徂徠集二十卷；介本係道學先鋒，與孫明復、胡安定並稱，而介獨兼擅詩文，極推重韓退之，贈張績詩曰：『卒能覇斯文，昌黎韓夫子；』深惡西崑之體，嘗作怪說以詈之。性訐直，有慶曆聖德詩，直指大臣，分別邪正，雖忤時不顧也！池北偶談曰『介詩崛強勁質，有唐人風；』宋詩鈔曰：『介詩嶙峋硉矹，挺立千尋，温厚之意存於激直，得見風人之遺！』與歐陽修交厚，故其詩格相類。卒年四十一。（景德二年一〇〇五——慶曆五年一〇四五。）如西北乙亥中作：『吾嘗觀天下，西北險固形；四夷皆臣順，二鄙獨不庭；吾君仁泰厚，曠歲稽天刑；孽芽遂滋大，虺豕極羶腥；漸聞頗驕蹇，牧馬附郊坰；吾恐患已深，爲之居靡寧，堂上寄章句，將軍弄娉婷，不知思此否？使人堪涕零，』觀此詩誠所謂不作無用之言者也。

（五）梅堯臣字聖俞，宣城人，嘉祐初詔賜進士，官至屯田都官員外郎，有宛陵集六十卷；當時歐陽修革新學風，佐之變文體者尹洙也；佐之變詩體者堯臣也。堯臣詩初學韋，風月堂詩話：『聖俞少時詩專學韋蘇州，』繼與歐公友善，遂變而學韓，故其詩格不一。堯臣嘗自言古澹有眞味，歐公亦以古澹稱之，又以其奇瑰比之孟郊，寄子美詩：『郊死不爲島，聖俞發其藏，』又稱其清切，水谷夜行寄聖俞子美：『梅翁事清切，』又稱其清新，『文詞愈清新，』又稱其古硬，『近詩尤古硬，』又稱其古健，憶山示聖俞『惟思得君詩，古健寫奇秀；』苕溪漁隱叢話則稱其平淡，『聖俞詩工於平淡，自成一家，』然則聖俞之詩格，曰古澹、曰平淡、曰清切、曰清新、曰古硬、曰古健、曰奇瑰，可以概之矣。竊意古澹平淡清切清新，皆得之韋蘇州，古硬古健奇瑰，皆得之韓昌黎，宋詩鈔曰：『聖俞詩其初喜爲清麗閑肆平淡，久則涵演深遠，間亦琢剝以出怪巧，然氣完力餘，益老以勁，』最爲當也。五言詩甚佳，侯鯖錄曰『梅聖俞詩，世稱其五字之妙。』卒年五十九。（咸平五年一〇〇二——嘉祐五年一〇六〇。）如憶吳松江晚泊：『念昔西歸時，晚泊吳江口，回堤遡清風，淡月生枯柳，夕鳥獨遠來，漁舟猶在後，當時誰與同，涕憶泉下婦。』

（六）蘇舜欽字子美，梓州人，景祐中進士，家於開封，官集賢校理監，坐事廢，居蘇州築水亭號滄浪，有滄浪集行世，史稱『天聖中學者爲文多病對偶，獨舜欽與河南穆修好爲古文歌詩，其體豪放，往往驚人；』可知子美爲古文歌詩甚早，且其詩格亦頗豪放然歐公嘗稱其新儁，比之張籍，又水谷夜行寄子美聖俞：『子美氣尤雄，』又『蘇豪以氣轢，』又答子美離京見寄：『其於詩最豪奔放何縱橫，間以險絕句，非時震雷霆，』梅堯臣寄子美詩『君詩壯且奇，體逸思益峭，』故子美之詩格曰新儁、曰氣雄、曰氣豪、曰奔放、曰險絕、曰壯、曰奇、曰體逸、曰思峭，可以概之矣。卒年四十一。（祥符元年一〇〇八——慶曆八年一〇四八，）如送李生『李生以病廢，東入徂徠峯，志氣尙突兀，形骸已龍鍾，男兒生世間，有如絕壑松，誤爲風雷傷，不與匠石逢，哀哉千尺幹，摧折以秋蓬。』

子美、聖俞皆歐公之摯友，昌黎詩體之健將也，時號蘇、梅；蓋昌黎詩體諸作家，石曼卿早死，歐公而外，詩趣較醇厚者，惟蘇、梅二子，餘人更逼近於文；二子雖齊名，然蘇不甚服梅，嘗曰：『平生作詩，被人比作梅堯臣，可笑也！』歐公對之無所優劣，六一詩話曰：『聖俞、子美二家詩體特異，子美筆力豪儁，以超邁橫絕爲奇；聖俞覃思精微，以深遠閑淡爲意。』梅堯臣偶書寄子美詩述歐陽公之論，又曰：

『吾交有永叔,勁正語多要,嘗評吾二人,放檢不同調;』隱居詩話又曰:『蘇子美詩以奔放豪健爲主,梅堯臣雖乏高致,而平淡有工;』故子美、聖俞之異,一爲豪雋,一爲精微,一爲超邁橫絕,一爲深遠閑淡,一爲放,一爲檢,一爲奔放豪健,一爲平淡有工也。

(七)蘇舜元字才翁,乃舜欽之兄,亦與歐、梅往來,名雖不及舜欽,而史頗稱其詩豪健,惜本集已佚,不可詳考,卒年四十九。(景德三年一〇〇六——至和元年一〇五四。)娛書堂詩話曰:『蘇舜元仕至轉運使,按部至海昌安國寺藏院留一詩於壁曰:「畫堂三月初三日,絮撲紗窗燕拂簷,蓮子數杯嘗冷酒,柘枝一曲試春衫;堦臨池面看勝鏡,屋映花叢當下簾,誰倚南樓指新月,玉鈎素手尙纖纖。」』新秀清婉,頗似歐公。

(八)歐陽修字永叔,自號六一居士,廬陵人,天聖八年進士,官至太子少師,卒謚文忠,精詩文。其文師尹洙,詩友蘇、梅。蘇、梅之於公,猶羽翼也。公讀梅氏詩有感曰:『子美忽已死,聖俞舍吾南,嗟吾譬馳車,而失左右驂,勍敵嘗壓壘,羸兵當戒嚴;』直以主人翁自居而不讓焉。一時文士,如石介、余靖、石延年、蘇才翁輩,俱與公爲友,及公位高望重,羣推附之,遂振起五代頹風。西崑靡習,而爲宋代詩文之大宗，公處處以昌黎爲埻，於文既埻昌黎，於詩亦以昌黎自命，嘗以石曼卿比盧仝，蘇子美比張籍，梅聖俞比孟郊，梅堯臣和永叔澄心堂紙荅劉原甫曰：『退之昔負天下才，掃掩衆說猶除埃，張籍、盧仝鬬新怪，最稱東野爲奇瑰，歐陽今與韓相似，海水浩浩山嵬嵬，石君蘇君比盧、籍，以我待郊嗟困摧。』此堯臣所述公之意也。然公詩實不全似昌黎，蓋有似昌黎者，有似靑蓮者，敬齋古今黈：『歐陽永叔作詩，少時頗類李白，中年全學退之，至於暮年，則全似樂天。』可知永叔詩少年似李白，中年似韓愈，隱居通議所謂『歐陽公詩有奇縱淸俊者』是得之於李白者也；所謂『有雄健蒼勁者』是得之於韓愈者也；如和劉原父澄心堂紙及風吹沙等詩，即頗似李白之體。風吹沙詩：『北風吹沙千里黃，馬行确犖悲摧藏，當冬萬物慘顏色，冰雪射日生光芒，一年百日風塵道，安得朱顏常美好，攬鞍鞭馬行忽遲，酒熟花開二月時。』如贈杜默及百子坑賽龍等詩，即頗似韓愈之體；百子坑賽龍詩：『嗟龍之智誰可拘，出入變化何須臾，壇平樹古潭水黑，沈沈影響疑有無，四山雲霧忽晝合，擊起直上挐空虛，龜魚帶去半空落，雷輷電走先後驅，傾崖倒澗聊一戲，頃刻萬物皆涵濡，靑天卻掃萬里靜，但見綠野如雲敷，明朝老農拜壇側，皷聲坎坎鳴山隅，野巫醉飽廟門闔，狠藉烏鳥爭殘餘。』然歐公詩於似白似愈之中，亦自有其格韻。其格韻如何？宋十五家詩選曰：『歐陽修古詩高秀，近體妍雅。』復堂日記曰：『永叔詩清折高峻，此境亦唐人所未有』是也。至謂似樂天，則歐陽公晚年筆力衰頹所致，間或然耳；歐陽公不屑效樂天也。享年六十六（景德四年一〇〇七——熙寧五年一〇七二）。

【宗主】　古文家奉昌黎古文如天日，而於詩，歐公既每以昌黎自況，衆人亦每以昌黎推之，故其宗主昌黎無疑。諸家近體儘或有不與韓侔者，若古體則多半爲韓格。實則昌黎文固甚善；昌黎詩似非正法，卽在唐朝，亦無一人學其詩體，而歐公輩所以取之者，豈非古文家氣味相合故耶？六一詩話論昌黎詩曰：『退之筆力無施不可，其資談笑、助諧謔、叙人情、狀物態，一寓於詩，而曲盡其妙也。』此派首領尊崇昌黎如此，其他諸人可以想見。

然昌黎爲詩，素推宗李、杜，曰『李、杜文章在，光燄萬丈長，』並稱李、杜，不置優劣，而此體諸家，卻不稱杜甫，亦無學杜甫者，歐陽反喜李白，有效白體詩，且明言甫不如白，著李白杜甫詩優劣說曰：『白詩至於淸風明月不用一錢買，玉山自倒非人推，然後見其橫放，其所以警動千古者，固不在此也；杜甫於白得其一節，而精強過之，至於天才自放，非甫可到也。』則歐陽公之卑視杜甫，尊崇李白，可知矣。夫甫每飯不忘君國，深合古文派脾胃；白詩多言酒色，最乖於假道學之號召，而其首領歐公竟卑視杜甫，尊崇李白如此者何？中山詩話曰：『歐公亦不甚喜杜詩，謂韓吏部絕倫，吏部獨稱道李、杜不已。歐貴韓而不悅子美，所不可曉；然於李白而甚賞愛，將由李白超邁飛揚爲感動耶？』則劉公亦以永叔之卑杜爲疑。

總之：古文詩體以昌黎爲宗主，以太白爲副，而無效杜甫者，蓋昌黎能詩復能文，與彼輩氣息相應，故尊之重之；李、杜能詩而不能文，與彼輩氣息相乖，故不甚尊重之也。

【習尙】　古文詩派既以昌黎爲宗主，則其習尙卽昌黎習尙反言之，昌黎習尙，亦卽古文詩派之習尙。昌黎爲詩主氣格而賤麗藻，氣格者有氣力之意，故對六朝篇什，深致貶語；昌黎薦士詩曰：『橫空盤硬語，妥貼力排奡，敷柔肆紆徐，奮猛卷海潦。』此昌黎論詩而主氣格之證也。古文詩派亦主氣格，此於歐、梅輩相互評贊之語可證，如曰古健、曰古硬、曰氣雄、曰氣豪、曰奇怪、曰奇壯、曰奔放、曰險絕、曰體逸、曰思峭，斯皆氣格所致耳。古文詩派亦賤麗藻，石介有怪說之作，永叔有崑體之譏，石林詩話曰：『歐陽文忠公詩始矯崑體，專以氣格爲主。』

昌黎詩多古體，其佳作亦盡在古體，律詩最少，似以才力雄厚，不屑拘於聲律；古文詩派亦好古體，苟一翻閱歐、蘇、梅、石諸集，古體莫不占其大半，其佳作亦盡在古體，如歐陽公詩所自詡爲人不可及之明妃曲、琵琶引二首，及梅聖俞嗟賞爲『更作詩三十年亦不能道其中一語』之廬山高，皆古體也。

昌黎詩重鍊意而輕修辭，雅不欲詩陷入無用之途，故昌黎詩雖辭表不揚，而含意必富；古文詩派亦重鍊意而輕修辭，對於吟風弄月飾華鏤藻者，必肆力排擊之。梅堯臣荅裴送序意曰：『我於詩言其徒爾，因事激風成小篇，詞雖淺陋頗尅苦，未到二雅未忍捐，安取唐、李二三子，區區物象磨窮年。』不滿於唐人之雕琢寡意，可見其於詩不重修辭不窮景物，而欲以二雅爲止歸也。石介怪說曰：『楊億刓鎪聖人之經，破碎聖人之言，離析聖人之意，蠹傷聖人之道，使天下不爲詩之雅、頌，而爲楊億之窮妍極態，綴風月，弄花草，淫巧侈麗，浮華纂組，其爲怪大矣！』不滿於宋初之雕琢寡意，又可見其於詩不重修辭不窮景物，而欲以雅、頌爲止歸也。石林詩話曰：『歐陽文忠公律詩意所到處，雖語有不倫，亦不復論。』則愈可證古文詩派重鍊意不重飾辭矣。

昌黎詩又好紀事，蓋既不好言景物，自必非寫意即紀事耳；古文詩派亦好紀事，諸家集內紀事詩頗不少。石洲詩話曰『如熙寧、元祐一切用人行政，往往有史傳所不及載，而於諸公贈答論議之章，略見其概。』熙寧、元祐正歐、梅之時，即論古文詩派之好紀事也；又隱居詩話謂：『石延年長韵律詩善敍事，』夫善紀事者，亦必好紀事，延年固古文詩派之一作家也。

【批評】 古文詩派有一長三短。一長者何？曰詩體解放。原夫西崑盛行之際，舉世詩人，並鑽研聲律，精究對偶，愈作而詩道愈狹，愈琢而詩情愈碎；及歐陽公輩繼昌黎遺意，一出而振之，世人始如醉方醒，不復顧聲律而遷其意，拘儷偶而移其情，所謂詩人之原情本意，得以盡與淋漓，形諸紙上，為宋詩闢一新境也。

三短者何？曰以文為詩。昌黎以文為詩，已失卻詩學之正法；夫詩與文異道，詩主情與趣，文主理與意，若徒有理意而無情趣，則不成其詩，而為有韵之文矣。袁宏道序文濤閣集：『詩道至晚唐而益小，有宋、歐、蘇輩出，大變晚習，然其弊至以文為詩』是也。如蘇子美夜中詩：『夜分衆諠死，耿耿抱眞履，中君湛以寧，不為外官使，七兵乘間入，攻剽勢向圮，主將不謀陣，敵惡蕩然失守，遽藏避，駭浪奔騰，一刻萬里，紛紛變化無窮已，俄如獨繭絲，忽獨滿天地，乳虎不受縛，狂龍難馴致，我思精甲以扦異類，邪慝弗萌，元辟復位，輔以逍遙之至道，爛然光輝照無際。』試以詩之立場讀之，此中豈有半點情趣！有半點似詩乎？古文詩派諸家頗多如此之作。

曰議論。古文詩派既主意，主意之過，必成議論；夫好詩亦間有議論而不露痕跡，託含於內，故其味雋永，愈足以增詩之妙；若古文詩派之議論，則幾乎句句議論，而意浮於外，囂然可厭矣。且有議論之詩亦特多，宛陵集中如食河豚魚詩，觀鬬雞詩，寄夏太尉詩，送潘供奉詩等，比比皆是，其他諸家集中亦然，茲舉蘇子美雜興詩為例，『虎豹性食人，智者畜為戲，形影本相親，愚夫見而畏，疑同不疑異，遠哉愚與智。』

曰好盡。夫詩本兼比興，貴含蓄，若通篇賦語瀉盡無餘，則劣矣。石林詩話曰：『韓退之筆力最為傑出，然每苦意與語俱盡。』則昌黎詩已無比興多賦語，每意盡而寡餘蘊也。古文詩派諸人效之，其弊自屬難免。園爐詩話：『義山詩被楊億、劉筠弄壞，永叔力反之，語多直出。』載酒園詩話：『歐公古詩，惜其言中無復餘味，而曲折變化處亦少。』歲寒堂詩話：『歐陽公詩專以快意為主。』三家皆謂歐陽公詩有好盡之病；其領袖如此，餘家可知。茲舉梅堯臣送知河州杜駕部爲例，『桐花欲開時，羣囀爭哺兒，但求黃口飫，焉問丹穴飢，常山有四鳥，將飛昔已悲，中間忽殞逝，豈得安其枝，一飲必屢顧，每啄必遲遲，今朝竟矯翼，去向江之湄，銜芹不自食，欲遺孤與雌，此意實已重，莫爲梟所嗤，世俗多嫌忌，我胡爲此詩，此詩美孝弟，持贈杜挺之！』尾四句標著顯明，若令唐人爲之必不如此，所以謂爲好盡而無餘音也。

至於古文詩派流行時期，在仁宗天聖（一〇二八）神宗熙寧（一〇七二）間，計四十四年，歐陽公卒後，此派勢力漸消。

六 荆公派

荆公出自永叔之門，詩文四六賦詞皆獨具一格，永叔卒後，學識聲名足與荆公頡頏者，惟一東坡；然荆公不特精於文學，於政治亦別出心裁，創易新法，致與世忤，一般詩家雖心服其詩，然莫不敬而遠之，公子然孤立，其詩體及身而絕。惟當時與公唱和者尙頗不尟，或與公同學於永叔之門，或與公相識於文墨之塲，皆嗜好相同，詩格相類，而年幼於歐、梅，長於東坡，相當於荆公者也，特名之曰荆公詩派。今派中除荆公及韓維有集尙存，餘人之作皆散逸，故首述荆公於前，而以餘人附後。

【小傳】 王安石字介甫，臨川人，號半山，慶曆二年進士，數執朝政，強忮剌拗，自用太甚，善古文，精悍之氣，溢於紙表，與歐、蘇相頡頏；嘗釋經，不用先儒傳注，務出新意，成詩、書、周禮三經新義，頒之學官；又穿鑿附會作字說，皆用以取士，士子不敢不習；又詆春秋爲斷爛朝報。其取士也，罷詩賦科，專試明經，則安石於詩之態度可知。然公詩甚佳，後世受公影響者頗不乏人，如山谷、後山、誠齋、石林輩皆是。有臨川集一百卷，卒年六十六。（天禧五年一〇二一——元祐元年一〇八六）封荊公，追贈太傅，諡文，崇寧間又追封舒王。

【宗主】荊公詩之宗主爲誰？艇齋詩話：『東湖言荊公詩多學唐人，然百首不如晚唐人一首。』是以荊公詩爲學唐人。唐子西語錄：『荊公詩得子美句法。』苕溪漁隱叢話：『半山老人詩，深得老杜句法。』藝苑卮言：『介甫用生重字力於七言絕句及頷聯內從老杜律中來。』宋十五家詩選：『半山學少陵，其瘦硬處別自擅長。』是皆以荊公詩爲學杜甫。後山詩話：『魯直謂荊公之詩暮年方妙，然學三謝，失於巧耳。』是以荊公詩爲學三謝。然此皆讀者之論，尚不足爲據。公序老杜詩後集曰：『予考古之詩，尤愛杜甫氏而病未能學也。世所傳已多，計尚有遺落者，客有授予古之詩二百餘篇，觀之予知非人之所能爲，而爲之實甫者，其文與意之著也。』此則荊公之自述。既曰『尤愛杜甫氏』，必學甫詩矣；既曰『予知爲之實甫』，必熟深而領會甫詩矣。參以唐、胡、陳、王之論，知荊公詩學老杜無疑。至以爲學三謝者亦近是。荊公作歲晚詩，嘗以謝靈運自比，氣格間相似也。或曰：荊公不言尤愛杜甫而病未能學乎？曰：是公之謙辭也。石林詩話：『蔡天啓言荊公每稱老杜鉤簾宿鷺起，丸藥流鶯囀，以爲用意高妙，五字之楷模；他日公作詩得靑氈捫虱坐，黃鳥挾書眠，自謂不減杜詩，以爲得意。』既稱甫詩爲五字之楷模，至少荆公五字須學杜甫；況甫詩用意高妙者，本不止於五字，既自謂不減杜詩以爲得意，則荆公自喜能學老杜，病未能學一語，不可信也。竊謂荆公近體全學老杜，以資稟不同，故有似有不似；至於古體詩，除五言之一部分學三謝外，其餘仍未脫古文詩體之效法昌黎也。故居嘗贊美歐陽永叔詩，東軒筆錄『余嘗與王荆公評詩，余謂歐陽永叔之詩，才力敏邁，句亦健美，但恨其少餘味耳；荆公曰不然，如行人仰頭飛鳥驚之句，亦謂有味矣。然余至今思之，未見此句之佳，亦竟莫原荆公之意。』冷齋夜話：『舒王言歐公今代詩人未有出其右者，』可見荆公之尊崇永叔，益可證荆公古體之出自永叔也。夫行人仰頭飛鳥驚，實不足稱佳句，荆公竟謂爲有味者，乃荆公出自歐公之門，亦效昌黎體，於質木之中，偶覩新景，自當認爲有味，古文詩體以爲佳者，大都知此。今舉荆公古詩一首爲例，如食黍行：『周公兄弟相殺戮，李斯父子夷三族，富貴常多禍患嬰，貧賤亦復難爲情，身隨衣食南與北，至親安能常在側，謂言黍熟同一炊，欻見隴上黃離離，遊人中道忽不返，從此食黍還心悲。』似歐公一派乎？似老杜之體乎？明眼人不難立辨也。

李、杜齊名，荊公雖尊杜甫，而於李白甚不滿，與歐陽永叔之稱道太白不尊老杜者不同。滹南詩話曰：『荊公云李白歌詩豪放飄逸人固莫及，然其格止於此而已，不知變也；至於杜甫則發斂抑揚疾徐縱橫無施不可，斯其所以光掩前人而後來無繼也。』此則譏太白不能變化不若老杜矣。冷齋夜話曰：『王荊公以李太白、杜子美、韓退之、歐陽永叔詩編爲四家集，以歐陽居太白之上，公曰太白詞語迅快然十句九句言婦人酒耳。』此則譏太白詩中不存道理無益於世矣。然則太白體無與於荊公詩，可斷言也。

【習尚】 荊公詩受永叔影響，頗有古文詩派習尚；又學老杜，故有老杜習尚，又喜大謝，故有大謝習尚，而亦自有其習尚焉。

（一）好古體。歐公一派好作古體，荊公亦好作古體，惟歐公一派專尚古體，荊公則既好古體，亦不輕近體，是以荊公近體之妙，不讓古體，近體之篇數，亦不減於古體也。

（二）重鍊意。歐公一派重鍊意，荊公詩亦重鍊意，惟歐公一派重鍊意而輕修辭，多刊落情景流於議論，荊公則既重鍊意又重修辭，雖有流於議論者，究不爲多；後山詩話曰：『王介甫以工，』工卽辭修之謂，故公詩於對儷用事造語鍊字等工夫，煞費心力。

（三）好紀事。紀事詩公集中頗不少，如吳長文新得顏公壞碑詩韓持國從富幷州辟詩等，皆紀其本事也。紀事之句，公詩中亦不少，如別孫莘老詩、送李屯田守桂陽詩，皆有紀其昔日邂逅之句占大半篇，以上三習尙，皆來自永叔者也。

（四）好集句。集句之習，宋初無有，唐人亦尠，荊公始喜爲之。後山詩話：『荊公暮年喜爲集句，』然公不僅喜之且又甚工，蓼花洲閑錄：『集句始自石曼卿，工於王荊公。』不僅甚工，且又甚多。夢溪筆談：『荊公始爲集句詩，多者至百韵，皆集合前人之句，語意對偶，往往親切過於本詩。』今舉戲贈湛源一首：『恰有三百青銅錢，憑君爲算小行年，坐中亦有江南客，自斷此生休問天！』

（五）好竄改古人詩句以爲己詩。此習杜甫已有之，然未若荊公之甚也。一瓢詩話：『王荊公好將前人詩竄點字句以爲己詩，亦有時竟勝前人原作者。』例如古詩『鳥鳴山更幽，』介甫云『一鳥不鳴山更幽；』王維詩『輕陰閣小雨，深院畫慵開，』介甫云『山中十日雨，雨晴門始開；』王維詩『坐久落花多，』介甫云『細數落花因坐久；』皆點竄之句也。艇齋詩話：『荊公云「漫漫芙蕖難覓處，蕭蕭楊柳獨知門；」唐人劉威云：「遙知楊柳是門處，似隔芙蕖無路通，」同一機杼也。』誠齋詩話：『南朝蘇子卿梅詩云：「祇言花是雪，不悟有香來；」介甫云：「遙知不是雪，爲有暗香來，」述者不及作者。陸龜蒙云：「殷勤與解丁香結，從放繁枝散誕香，」介甫云：「慇懃爲解丁香結，放出枝頭自在香，」作者不及述者。』韻語陽秋：『李白詩云：「白髮三千丈，緣愁似箇長，」荊公點化之則云「繰成白髮三千丈，」』惟此不過增點字句以爲己詩而已。冷齋夜話：『顧況詩云：「一別二十年，人堪幾回別，」荊公云「一日君家把酒杯，六年波浪與塵埃，不知烏石岡頭路，到老相尋得幾回，」』則又化人之十字而爲己之一首矣。荊公詩如此者不勝枚舉，可證其好點竄字句以爲己詩也。

（六）好用連綿字。宋初除西崑詩派好用雙聲疊韻等連綿字外，若樂天詩體、晚唐詩體、古文詩體、多不用或不知用，荊公始好用此等字，俾其詩律呂諧和，口吻調便，惟用之過多，幾於無首無之，如「宜秋西望碧參差，」「缺月昏昏漏未央，」「村落家家有濁醪，」如「苑方秦地皆蕪沒，山借楊州更寂寥，」如「佳時流落眞何得，勝事蹉跎只可憐」之類，不可勝計。艇齋詩話：『東萊云：汪信民嘗言荆公每一詩必有依依嫋嫋等字，予以東萊之言考之荆公詩，信民之言不謬，』亦論荆公有此種習尚，然尚未言荆公又好用雙聲疊韻。竊意荆公此種習尚，蓋得於大謝，大謝詩最好用此等字。

【批評】 自來論荆公詩者，不一其辭，而各有所得，必彙集觀之，庶得其全；大氐公詩初年與暮年甚異，漫叟詩話：『荆公定林後詩精深華妙，非少作之比。』賓退錄：『王荆公詩至知制誥乃盡善，歸蔣山乃造精絕，其後比少作如天淵相絕矣。』石林詩話：『荆公晚年詩律尤精嚴，造語用字間不容髮。』后山詩話：『荆公詩云「力去陳言誇末俗，可憐無補費精神，」而公暮年詩益工用意益苦。』皆謂其初年晚年有異也。蓋公初年出入歐公之門，故染古文詩派氣息，暮年宗老杜，取唐人，故悠然自得，有唐人風味。石林詩話：『荆公少以意氣自許，故詩語惟其所向，不復更爲含蓄，皆直道其胸中事；後從宋次道盡假唐人詩集，博觀而約取，晚年始盡深婉不迫之趣。』可見初年尚犯歐陽一派好盡之弊，晚年始反研唐音而究工拙也。

就其詩體論之：則公初年從歐公重古體，暮年宗老杜喜唐人，又兼工律詩，是以公之古近體皆有佳作。載酒園詩話：『宋人惟介甫詩能令人尋繹於言語之外，當其絕詣，實自可興可觀，特推爲宋人第一。最妙者，樂府五言古，七言律次之，七言古又次之，五言律嫌安排，七言律嫌氣盛。而佳篇亦時有之。』是評荆公諸體詩者也。侯鯖錄：『東坡云「荆公暮年詩始有合處，五字最勝，二韻小詩次之，七言詩終有晚唐氣味。」』是評荆公暮年之詩者也。誠齋詩話：『五七字絕句最少而最難工，雖作者亦難得四句全好，介甫最工於此。』黃山谷曰：『荆公暮年作小詩，雅麗精絕，脫去俗流，每諷味之，便覺沆瀣生齒頰間。』苕溪漁隱叢話：『荆公小詩眞可使人一唱而三嘆。』是皆評其絕句者也。大氏公詩以絕句爲最佳，律體次之，古體又次之。

就其詩格論之，則有長有短。何者爲短？一曰議論：夫主意之過，無不流爲議論者，荆公詩亦頗有主意之作，宋詩鈔：『安石詩獨是議論過多，亦是一病耳。』二曰好盡：石林詩話曰：『荆公少以意氣自許，故詩語惟其所向，不復更爲含蓄，皆直道其胸中事。』直道其事不復含蓄，卽好盡之病也。三曰以文爲詩：世間論以文爲詩者，多咎永叔、東坡而不及荆公，不知荆公亦有以文爲詩之作，特較寡於歐、蘇耳。如送潮州李使君：『韓君揭陽居，戚嗟與死鄰，呂使揭陽去，笑談面生春，當復進趙子，詩書相討論，不必移鱷魚，詭怪以移民，有若大顛者，高才能動人，亦勿與爲禮，聽之汨彝倫，同朝敍朋友，異姓接婚姻，恩義乃獨厚，懷哉余所陳，』如此之類，非以文爲詩者邪。然此三短，多在公初年古體諸作中。四曰傷巧：公之詩好求工，工之極則爲巧，甚巧則傷本意矣。歲寒堂詩話：『王介甫只知巧語之爲詩，而不知拙語亦詩也。』王直方詩話：『陳無己云荊公晚年詩傷工，』皆是也。五曰軟弱：艇齋詩話：『東萊不喜荊公詩，云汪信民嘗言荊公詩失之軟弱，』蓋荊公詩既求工傷巧，而又好用雙聲疊韻等連綿字，其氣格自然消滅，安得不成爲軟弱？凡此二短，多在公暮年近體諸作中。然則何者爲長？一曰下字工：藝苑雌黃：『翁行可云：介甫善下字，如空場老雉挾春驕，下得挾字最好，予謂介甫又有蒼苔挾雨驕，其用挾字亦與前一聯同。』二曰用事切：苕溪漁隱叢話：『介甫上元戲劉貢甫詩云：不知太一遊何處，定把青藜獨照公，此詩用事亦精切。』冷齋夜話：『用事琢句，妙在言其用不言其名，惟荊公、東坡、山谷知之。』三曰對偶精：石林詩話：『荊公詩用法甚嚴，尤精於對偶，嘗云用漢人語，止可以漢人語對，若參以異代語，便不相類。』凡此三長，多在公暮年近體諸作中，若初年古體則甚寡，蓋公初年古體雖亦不惡，終不過如歐陽一派能道人所不及道，章法開合，筆意縱橫而已；謂之絕妙，似有未可，故尟此三長。此三長者，頗類西崑，然西崑拘刻，時傷死板，荊公活躍，時傷薄弱，西崑用之過甚，荆公用之較適也。

【詩友】（一）李常字公擇，南康建昌人，皇祐元年進士，哲宗朝拜御史中丞，出知成都，與安石最善，能詩，有集已佚。東坡謝公擇惠詩帖曰：『公擇詩遂作到無人愛處，』所謂詩到無人愛處工也。如解雨送神曲『怒風兮揚塵，日爍石兮將焚，水泉竭兮厚地裂，嘉穀槁兮孰耨且耘，神龍兮靈蟄，挹清波兮幽瀆，鼉鳴鼓兮舞神覡，庶下鑒兮霈祥氛。』辭甚幽鬱，得騷之遺。卒年六十四。（天聖五年一〇二七——元祐五年一〇九〇。）

（二）孫覺字莘老，高郵人，學於胡瑗，官至龍圖閣學士，與安石最善，嘗以詩唱和，後又與東坡來往，有集已佚。孫公談圃：『余嘗學詩於孫莘老，莘老嘗曰「近世作詩，無復有唐人風」余嘗得公詩集，如峽口送人詩云：「來書占喜鵲，落日聽鳴蛩，」屈宅詩云：「若與蛟龍爭角黍，應同漁父啜糟醨，」長楊道中云：「窮搜詩句熟，老練事情通，」袁安道中云：「白雲每逐晨光出，紅鶴嘗隨暮靄還，」』可見莘老不悅宋體詩，而喜唐人風，與荆公同也。四聯詩句鍛鍊矜審，下語造字，皆有法度，又與荆公同也。詩眼：『山谷嘗言少時曾誦薛能詩云：「青春背我堂堂去，白髮欺人故故生，」孫莘老問曰，「此何人詩？」對曰，「老杜。」莘老曰：「杜詩不如此。」後山谷云：「庭堅因莘老之言，遂曉老杜高雅大體」』則莘老精研少陵又與荊公同也。卒年六十三。（天聖六年一〇二八——元祐五年一〇九〇。）

（三）俞紫芝字秀老，金華人，流寓揚州，工詩；荊公居鍾山，秀老與之數相交往，有『夜深童子喚不醒，猛虎一聲山月高』之句，爲荊公所激賞；有高行，不取婦。石林詩話曰：『秀老詩惜時無發明之者，不得與林和靖一流，概見於隱逸，』如咏草：『滿目芊芊野渡頭，不知若箇解忘憂，細隨綠水侵離館，遠帶斜陽過別洲，金谷園中荒映月，石頭城下碧連秋，行人暢望王孫去，買斷金釵十二愁』允稱工秀，不愧作家！卒於元祐初年（一〇八六？），弟澹字清老，與黃山谷曾同學於淮南，亦不取婦，性滑稽，善諧謔，知律能詩，荊公喜之，惜詩不傳。

（四）韓維字持國，開封雍丘人，韓絳之弟，以蔭入仕，官至知制誥龍圖閣學士，以太子少傅致仕，卒贈南陽郡公，與荊公同遊永叔之門，從蘇、梅輩相唱和，聲名甚振，又與荊公同爲嘉祐四友，故荊公贈持國曰：『惟子余所嚮，嗜好比鶼鰈，』所作頗工穩，宋詩鈔稱其『深遠不及聖俞，温潤不及永叔，然古淡疏暢，足爲兩家之鼓吹。』墨莊漫錄亦曰：『韓持國詩格甚奇，』爲人所重如此。持國嘗自言其詩效陶淵明，和曾存之詩：『自愧效陶無好語，敢煩凌杜發新章，』然詳考之，持國詩實不似淵明，持國讀杜子美詩：『壯哉起我不暇寐，滿座歎息喧中堂，唐之詩人以百數，羅列衆制何煌煌，太陽垂光燭萬物，星宿安得舒其芒，讀之踴躍精膽張，徑欲追躡忘愚狂，』則持國又曾學老杜體矣。如謝堯夫寄新酒詩：『故人一別兩重陽，每欲從之道路長，有客忽傳龍坂至，開樽如對馬軍嘗，(自注云：嘗怪杜詩曰洗盞開嘗對馬軍，及得錦屏山題名有寄河南府使馬軍送新酒者，然後霍然。)定將瓊液都爲色，疑有金英密借香，卻笑當年彭澤令，籬邊終日歎空觴。(自注云：陶靖節云，秋菊盈園而時醪靡至。)』此一詩而用陶、杜兩公故事，益足信其兼學陶、杜也。有南陽集三十卷，卒年八十二。(天禧元年一〇一七——元符元年一〇九八。)

(五)謝師厚字景初，南陽人，慶曆六年進士，官朝散大夫，以屯田郎致仕，長於詩，有『倒着衣裳迎戶外，盡呼兒女拜燈前』之句，爲人稱賞，所著宛陵集已佚；嘗與歐、梅及韓持國輩相唱和，豈亦出自歐公之門者耶？陸游跋謝師厚書曰：『謝師厚早歲與王荊公諸人游，名甚盛，』后山詩話又謂『其詩學老杜，』然則景初之詩，受荊公影響，頗不謂寡。如石谷亭飛瀑：『落泉下峭壁，陡絕千萬丈，濺急雪片飛，望若匹練，廣曲嶺隔青林，三里已聞響，其傍有巨石，平潤可俯仰，愚俗所不道，我輩數來賞，須期秋色清，攀蘿將爾上。』

以上所述李、孫、俞、韓、謝五公詩大氐與介甫氣味相契，雖有唐人老杜之風，而仍未脫盡古文詩體習尙者也。

七 東坡派

歐陽永叔門下，詩文最見稱於世者，一王介甫，一蘇東坡，自永叔歿後，東坡遂繼之而爲詩文盟主，所領導之人才雄厚，有蘇門四學士與六君子諸稱，皆天下瓌寶也。東坡答張文潛書：『僕老矣，使後生猶得見古人之大全者，正賴黃魯直、秦少游、晁无咎、陳履常與君等數人耳。』又與李方叔書『頃年於稠人中驟得張、秦、黃、晁及方叔履常，意謂天不愛其寶，其獲蓋未艾；比來閒關四方，更欲其似，邈不可得，以此知人決不徒出。』蓋晁、張、秦、黃爲四學士，益以陳、李爲六君子，東坡之褒獎此六人者，已至矣！東坡之自負壇坫者，亦已至矣！然李方叔以文名而不以詩名，魯直、履常之詩又別成一體也。

東坡之主詩盟，不專宗某一古人，乃兼重才氣，任人個性自由發展，絕不加以限制，又絕不以體裁不同而互相攻駁，故蘇派諸人各具面目；其所以名曰東坡詩派者，諸人並受東坡之指點與影響耳。

【小傳】（一）蘇軾字子瞻，眉山人，號東坡居士，嘉祐二年進士，官翰林學士，頻遭貶竄，嘗謫嶺表，卒於提舉成都玉局觀，謚文忠，有集八十八卷，與父洵弟轍號三蘇，並出自歐陽門下。軾多才博學，尤精古文，其他駢文詩詞騷賦字畫率皆過人一等，獨造一格。軾詩律不如古，五言不如七言，倪傭說詩：『東坡七律每走而不守。』一瓢詩話：『東坡惟律詩不可學，』說詩晬語：『蘇詩長於七言，短於五言，』阮亭選七言詩凡例：『蘇文忠公七言長句之妙，自子美、退之後，一人而已。』蓋東坡才廣學宏，七古長篇大句，少受拘束，任口舒心，足以觸處生奇；若律體則嫌窘其意，五古則不能盡其氣也。至其詩格，論者或以爲豪放，藏海詩話：『東坡詩豪，』或以爲能變化，呂氏童蒙訓：『東坡長句波瀾浩大，變化莫測，』或以爲善使事，有通篇使事者，詩話總龜：『坡集有全篇用事者，如賀人生子、戲張子野買妾，句句用事，曷嘗不流便哉？』有使事極明切者，漫叟詩話：『東坡最善使事，旣顯而易讀，又切當，』或以爲善於鎔化俗語入詩，竹坡詩話：『李端叔爲余言東坡云，街談市語皆可入詩，但要人鎔化耳，觀此亦可以知其鎔化之功也。』或以爲長於比喻，陵陽室中語：『子瞻作詩，長於譬喻，如和子由：「人生到處知何似，應似飛鴻踏雪泥，」守歲詩「欲知垂盡歲，有似赴壑蛇」之類，不可勝紀。』

或以爲善次韻，梁溪漫志：『東坡尤精於次韻，往復數次，愈出愈奇』如辛丑別子由於鄭州馬上賦詩寄之：『不飲胡爲醉兀兀，此心已逐歸鞍發，歸人猶自念庭闈，今我何以慰寂寞，登高回首坡隴隔，惟見烏帽出復沒，苦寒念爾衣裘薄，獨騎瘦馬踏殘月，路人行歌居人樂，僮僕怪我苦悽惻，亦知人生要有別，但恐歲月去飄忽，寒燈相對記疇昔，夜雨何時聽蕭瑟，君知此意不可忘，愼勿苦愛高官職！』卒年六十六。（景祐三年一〇三六——靖國元年一一〇一）

（二）秦觀字少游，又字太虛，高郵人，官至國子編修，頻遭貶竄，卒於藤州，有淮海集四十卷，能詩文，尤精小詞，王安石嘗稱『其詩清新如鮑、謝』，東坡嘗稱『秦得吾工』，而少游自謂『詩文秤稱輕重，銖兩不差』，方萬里又論『其古詩流麗之中有澹泊，律詩敲點勻淨，無偏枯突兀生澀之態』，宋詩鈔曰『呂居仁云：「少游過嶺後詩，嚴重高古，自成一家」故當時於蘇門，並稱秦、晁；秦以韻勝，追琢而渟泓。』今讀其全集，大氐五古或似三謝，或似韋蘇州，七古則似東坡，律詩雖間傷婉弱，近於小詞，然終以律體爲最佳；如秋日詩曰：『月團新碾瀹花甆，飲罷呼兒課楚辭，風定小軒無落葉，青蟲相對吐秋絲。』享年五十二。（皇祐元年一〇四九——元符三年一一〇〇。）

（三）張耒字文潛，號柯山，人稱肥仙，又稱宛丘先生，淮陰人，官至龍圖閣學士，有張右史集六十卷，詩文並擅，在同儕中，死最遲，傳授最盛，享名最久。賓退錄謂『耒詩學白樂天，』竹坡詩話謂『耒樂府刻意文昌，爲本朝第一，』東坡嘗曰：『張詩得吾易，』呂氏童蒙訓曰：『文潛詩自然奇逸，非他人可及，』而耒論文又主詞達與簡明之義，確爲學白詩之平易無疑。樂府雖似主文昌，然文昌與樂天頻相往來酬答，最稱友善，歲寒堂詩話曰：『元、白、張籍皆自陶、阮中出，專以道得人心中事爲工，』則文昌亦與白體相類也。耒詩諸體中，當推七律，載酒園詩話『蘇門六君子，文潛尤可喜，其七言律多秀句；』豈七律爲耒所最致力者乎？其詩如冬日放言『小兒喜學書，滿紙如栖鴉；老婦懶不績，當戶理琵琶；樽中有神聖，快瀉如流霞，三杯任兀兀，凍臉生春華。』其樂府如輸麥行：『場頭雨乾場地白，老稚相呼打新麥，半歸倉廩半輸官，免教縣吏相催逼！羊頭車子毛布囊，淺泥易涉登前岡，倉頭買券槐陰涼，清嚴官吏兩平量，出倉掉臂呼同伴，旗亭酒美單衣換，半醉扶車歸路涼，月出到家妻具飯；一年從此皆閑日，風雨閉門公事畢，射狐罝兎歲蹉跎，百壺社酒相經過。』淺夷生新，與樂天無異。卒年六十一。（皇祐四年一〇五二——政和二年一一一二。）

（四）晁補之字无咎，自號歸來子，鉅野人，晁端友之子，舉進士，累仕著作郎，至知泗州，以黨論數遭遷貶，有鷄肋集行世，詩文兼擅，與秦觀齊名，而較觀詩之體格爲雄大。宋詩鈔曰：『晁以氣勝，灝衍而新崛。』四庫提要曰：『无咎詩諸體俱風骨高騫，一往俊邁。』苕溪漁隱叢話曰：『古樂府是其所長，辭格俊逸可喜。』其詩如視田贈無斁曰：『河流之所濡，一斛泥數斗，我莊當水窮，乃比石田瘦；尙無東陵瓜，況有南山豆，天雨不可期，且復鞭牛後。』則无咎之作，蓋似東坡具體而微者也。无咎又數稱淵明，觀其詩頗有古淡風，豈无咎亦學陶耶？卒年五十八。（皇祐五年一〇五三——大觀四年一一一〇。）

（五）文同字與可，梓潼人，東坡之中表，自號笑笑先生，又號石室先生，舉進士，官集賢校理，有丹淵集四十卷，文騷書畫並極卓絕，而東坡尤賞其詩，蓋能不隨人腳跟自名一家也。載酒園詩話：『詩在慶曆，最畏俚俗，文同獨能修飾起來；』升菴詩話：『文與可五言律有韋蘇州、孟襄陽之風；』宋詩鈔：『文同詩清蒼蕭散，有孟襄陽、韋蘇州之致；』今觀其集，五字近體，信可謂清蒼蕭散，修飾潔靜，有韋、孟之遺！至於七字古體，則頗近東坡有挾氣而下之勢矣。五律如重過舊學山寺：『當年讀書處，古寺擁羣峯，不改歲寒色，可憐門外松，有僧皆老大，待客轉從容，又下白雲去，樓頭敲暮鐘。』七古如峯鐵峽：『東風吹空力何短，三月隴山全未暖，文法姦胥引騎兵，飛隨銀鶻弓刀滿，霜矛雪甲寒如水，倏卒何由知首尾，君不見峯鐵峽頭雲色死，一過蕭然五十里。』享年六十餘，卒於元豐二年（一〇七九。）

（六）孔文仲字經父，臨江人，孔子後裔，嘉祐六年進士，官至中書舍人，與弟平仲、武仲號三孔，俱才氣雄闊，詩文並擅，有清江三孔集行世。文仲與東坡最友善，其詩得東坡桀驁之氣，然似從老杜入手者；五七字今古體均佳，武仲、平仲直不及也。如秋月詩：『孤枕夜何永，破窗秋已寒，雨聲銜夢斷，霜氣襲衣單，利劍摧鋒鍔，蒼鵰縮羽翰，平生衝斗氣，變作淚汍瀾。』卒年五十一。（景祐五年一〇三八——元祐二年一〇八八。）

（七）唐庚字子西，眉州人，舉進士，官至承議郎，有唐子西集二十四卷，素極推崇東坡，幼年嘗及親炙，故劉夷叔謂其善學東坡也。或云子西於二蘇頗有所憾稱考子西文錄一則曰，『東坡詩善敍事，言簡而易盡；』再則曰，『東坡作病鶴詩，三尺長脛瘦軀閣閣字旣出，儼然如見病鶴；』三則曰，

『赤壁之賦一洗萬古，欲彷彿其一語，不可得也；』其他類此之語甚多，則子西佩服東坡已極，有何所慽？其聞東坡貶惠州詩：『元氣脫形數，運回天地內，東坡未雖人，豈比元氣大，天地不能容，伸舒輒有礙，低頭不得仰，閉口焉敢頦，東坡坦率老，局促固難奈，何當分道俱，逍遙天地外。』此實尊東坡恤東坡，而其詩之疏闊直瀉，亦極似東坡也。子西嘗言作詩當學杜子美，故其律體類老杜之鍛鍊矜愼而不失氣格；子西蓋從東坡以學老杜者耶？苕溪漁隱叢話稱『子西佳句，不可勝舉；』碧溪詩話稱『子西巧於用事；』劉夷叔又稱『子西工於屬對；』可以想見子西於詩之功夫矣。宋詩鈔曰：『子西詩結束精悍，體正出奇，芒𦡶在簡淡之中，神韻寄聲律之外。』評子西近體，最爲允當也。如自笑詩：『已白窮經首，仍丹許國心，那能天補綻，更欲海塡深，兒餒嗔郎罷，妻寒望槖砧，世間南北路，何用爾沾襟。』辛年五十一。（熙寧四年一〇七一——宣和三年一一二一）

六公之外，學東坡或受東坡影響者，頗不乏人，如孔平仲、孔武仲、蘇轍、蘇過、張舜民、李之儀等，茲不贅舉。總之：東坡詩體爲有宋最具勢力者之一，雖未足超越江西派，亦僅次之而已。

至於東坡詩體之最盛時期，當在英宗治平（一〇六四）徽宗宣和（一一二一）間，約五十七年南渡後，蘇文大行於南，蘇詩大行於北，故金詩多受東坡之影響，而南宋之詩，則江西體獨尊焉。

【宗主】 蘇派固無所專主，然必各受東坡影響；東坡固亦無所專主，然必對古詩家有所宗仰。東坡之宗仰爲誰？言者頗異其辭。公之弟轍爲公作墓誌曰：『公詩本似李、杜，晚喜陶淵明，』則公之宗仰爲李、杜、陶三人，此一說也。後山詩話：『蘇詩始學劉禹錫，故多怨刺，晚學太白，至其得意則似之矣，然失之粗，以其得之易也；』則公之宗仰爲太白、禹錫二人，此二說也。後村詩話：『坡詩略如昌黎，有汗漫者，有典嚴者，有麗縟者，有簡淡者，翕張開合，千變萬態，蓋自其氣魄力量爲之，然非本色；』則昌黎必亦爲公所宗仰，此三說也。趙閑閑答李天英書：『太白詞勝於理，樂天理勝於詞，東坡又以太白之豪，樂天之理，合而爲一，是以高視古人；』則公之宗仰，必爲太白、樂天二人，此四說也。元遺山東坡雅引：『蘇子瞻絕愛陶、柳二家，極其詩之所至，誠亦陶、柳之亞，而評者尙以爲能陶、柳而不能不爲風俗所移，爲可恨耳；』則公之宗仰爲淵明、子厚二人，此五說也。歲寒堂詩話：『蘇子瞻學劉夢得、白樂天、學李太白，晚而學淵明，』則公之宗仰，又爲劉、白、李、陶四人，此六說也。計之，凡李白、杜甫、韓愈、樂天、禹錫、淵明、子厚七人矣。又考東坡書黃子思詩集後曰：『李、杜之後，詩人繼出，雖有遠韻而才不逮意，獨韋應物與柳子厚，發纖穠於簡古，寄至味於淡泊，非餘子所及也。』則七人之外，又有韋應物，亦公之宗仰也。竊忖度之蓋東坡高才大力無所不舉無所不好，然早年在蜀學白樂天，中年入洛，出入歐公之門，受其薰染甚深，東坡詩自謂『作詩頗似六一語，往往亦帶梅翁酸，』是也。歐公詩體宗韓愈，故公中年詩亦學韓，晚年南謫惠州，始喜陶淵明，東坡答程全父書：『流轉海外，書籍舉無有，惟陶淵明一集，柳子厚詩文數册，常置左右，目爲二友，』故有和陶集四卷，和陶詩殆遍；若劉禹錫本與樂天往復唱和，時號劉、白者，則白亦近於劉者也。若柳子厚，則東坡評子厚詩，『柳子厚晚年詩極似陶淵明，』是柳本陶體也。若韋應物，則海天琴思錄曰：『韋蘇州學陶詩，似矣；』是韋亦陶體也。東坡皆以其與己脾胃相合，故嗜之耳。至於李白是與東坡才氣相似者，杜甫是東坡學力所佩服者，而李、杜二公與東坡之詩，無甚相干，可斷言也。

東坡詩雖早效夢得，中從永叔，晚喜淵明，而能入能出，不爲所囿，既有得於三公之體，又終自爲東坡之詩；惟素推重東坡者與其門人，大率各得東坡之一偏，如張耒之學白，无咎之近陶，秦觀、文同之似韋，唐庚、經父、山谷之從杜，而復各帶些許古文詩體氣味，此其所以成爲蘇派也。

東坡一派，雖各帶些許古文詩體氣味，而對於古文詩體所宗主之韓愈，則不甚恭維，張耒明道雜志曰：『子瞻讀吏部古詩，凡七言者，則覺上六字爲韻設，五言則上四字爲韻設，不若老杜語韻渾然天成無牽強之迹，則退之於詩，誠未臻其極也。退之作詩，其精工乃不及子厚，子厚律詩尤精。』不僅子瞻、文潛之意如是，晁、秦諸人亦無贊退之詩者矣。

【習尙】　歐派習尙，卽東坡派之習尙，歐公受昌黎影響，東坡受歐公影響，而東坡派則受東坡之影響，故歐陽派好古體，東坡派亦好古體，歐陽派重意，東坡派亦重意，歐陽派好述事，東坡派亦好述事；獨有相異者，卽歐陽派主氣，東坡派亦主氣而歐陽派是氣格，含有力氣而拘定一格之意，故極力欲其詩之爲奇怪奔險雄豪，東坡派是才氣，不含力氣之意，故任人之才氣求詞達而已，不欲限使趨於一體或加力爲之以成奇怪奔險雄豪也。東坡答謝民師書曰：『但常行於所當行，常止於不可不止，文理自然，姿態橫生，孔子云：詞達而已矣。』是崇重自然之才氣也。與黃魯直書曰：『晁君寄騷，細看甚奇，凡人文字務之和平，至足餘溢爲奇怪，蓋出於不得已耳；晁文奇怪似差早。』是不欲人之作意增加氣力也。張文潛答汪信民書曰：『記事而可以垂世，辨理而足以開務，皆詞達者也，文簡事核而明，雖使婦女童子聽之而愉，曲者枝詞游說，文繁而事晦，三反而不見其情，此無待而然也。』是亦不滿於增加力氣致失本眞也。凡此雖皆普通論文之語，然實可通用於蘇、張二公之論詩，故東坡派各具面目不拘一格也。

【批評】 東坡詩派有一長四短。一長者何？曰解放詩格。宋初西崑拘囿於近體，拘囿於一格，及歐陽公出始將詩體解放，使學者兼攻古律，然仍拘囿於一格，僅以昌黎易玉溪耳。及東坡始又將詩格解放，使學者得以任才呈意，學其所近，故秦、晁、張、唐輩所近不同，詩格各異，或從韋，或從陶，或從杜，或從白，惟極其心思，期於至妙而已；東坡不以格異而憾之也。

四短者何？一曰以文爲詩，二曰議論，三曰好盡，四曰粗率。以文爲詩之病，東坡甚於歐公。甌北詩話曰：『以文爲詩，自昌黎始，至東坡益大放厥辭，別開生面。』圍爐詩話曰：『子瞻作詩，亦用其作文之意，匠心縱筆而出之，卻去子美遠矣！』蘇派諸家亦頗有之，茲舉張耒詩爲例：答參寥：『我生爲文章，與衆常不偶，出其所謂詩，不笑卽嘲詬，少年勇自辯，盛氣爭可否，年來知所避，不敢出諸口，時時未免作，包以十襲厚，低心讓兒曹，默默衆人後，見君不能已，頗亦陳所有，君豈少取之，時以佳句授，幽絃喜有聽，淸唱慰孤奏，如何瞥然去，使我不得友。』此種詩內曷嘗有充分情趣之表現耶？議論之病，東坡雖較減於永叔輩，然歲寒堂詩話曰：『子瞻以議論作詩，詩人之義掃地矣！』責之尙甚深重。雪濤詩評曰『蘇長公詩，獨七古不失唐格，若七言律絕，便以議論典故爲詩，所謂文人之詩，非詩人之詩也。』實則東坡七古五古間雜議論之作亦甚多也。蘇派諸家並未能免。玆舉晁无咎詩爲例：贈文潛甥楊克一『與可畫竹時，胷中有成竹，經營似春雨，滋長地中綠，興來雷出土，萬籜起崖谷，君今似與可，神會久已熟，吾觀古管、葛，王霸在心曲，遭時見毫髮，便可驚世俗，文章亦技耳，詎可枝葉續，穿楊有先中，未發猿擁木，詞林君張舅，此理妙觀竹，君從問輪扁，何用知聖讀。』此類詩內，議論居半，冗泛而可厭之至矣。好盡之病，極於東坡，甌北詩話：『坡詩放筆快意，一瀉千里；』載酒園詩話：『子瞻詩本一往無餘，過徐州後更恣縱。』蘇派諸家，放筆快意，雖或未必而一瀉無餘則同；玆舉秦觀詩爲例，山陽阻淺『一日行一尺，十日行一丈，豈不歎淹留，所幸無波浪，悲風動深夜，原野眇森爽，青天行蟾蜍，枯木轉罔兩，此時蓬茅下，去心劇於癢，棄置勿復道，通塞如反掌。』試問此類詩內，究有甚含蓄乎？粗率之病，亦主意太甚之過，永叔輩雖有之，然甚寡，而東坡最甚。夫主意太過，則不屑修辭，辭果不修，縱有雅意，安免粗率？主意太過，則詩料雜沓，雜沓而不翦裁，又安免粗率？況東坡復染有樂天平易之習哉！懷麓堂詩話：『漢、魏以前，詩格簡古，世間一切細事長語，皆着不得，賴杜詩一出，乃稍爲開擴，韓一衍之，蘇再衍之，於是情與事無不可盡者，而其格亦漸粗矣。』載酒園詩話：『子瞻詩多粗豪滑稽草率，』蘇派諸家，惟少游此病較少，餘則概未能免。茲舉文同詩爲例，夜學『已叨名第雖堪放，未到根原豈敢休，文字一牀燈一盞，只應前世是深讎。』此類詩，粗率之極，可笑之甚矣！

八　江西派

江西詩派，風行宋世，黃庭堅其始祖也。然庭堅時有詩派之實，尙無詩派之名；詩派之名，起於南宋呂居仁作江西詩社宗派圖，自山谷以下列陳后山等二十五人，苕溪漁隱叢話載圖作陳師道、潘大臨、謝逸、洪芻、饒節、祖可、徐俯、洪朋、林敏修、洪炎、汪革、李錞、韓駒、李彭、晁冲之、江端本、楊符、謝薖、夏倪、林敏功、潘大觀、何顗、王直方、善權、高荷二十五人，雲麓漫抄及小學紺珠則有呂本中而無何顗，且列洪朋於洪芻上。江西詩派小序則又謂『呂紫薇作江西宗派，自山谷而下，凡二十六人』其所載較苕溪漁隱叢話旣多出一呂本中，又多出一何顒，而無何顗。竊意居仁自作圖，不當以己列入，劉克莊序茶山誠齋詩選曰：『余旣以呂紫薇附宗派圖之後，』則居仁原圖絕無居仁可知；若何顒、何顗，乃筆畫之訛，今不可辨，亦不必辨，姑以苕溪漁隱叢話之說爲正可也。此二十五人爲江西派初期作家，宋志所載江西詩派一百三十七卷，是其詩總集，其後江西勢彌盛，有曾紘曾思父子，楊誠齋嘗序之入派，宋志所載江西續派十三卷，是其詩總集，今皆不傳；此後遂無稱江西派者。然考方回、歐陽元之集及他載記，得知二十五人後，呂本中、曾吉父、陳簡齋爲其魁，可謂江西派次期作家；再繼以尤楊范陸蕭五公，可謂江西派三期作家；更繼以二趙二泉四公，可謂江西派四期作家。四期之江西派，其勢大微，蓋多流入江湖體，能卓立不拔者惟此四公；至於宋季，則方劉振其餘響，竟入元世矣。

江西派，亦名西江派，又名豫章派。江西卽今江西省，宋之江南西路，是以地名名其宗派者。然初期諸公亦非盡屬江西籍，如陳師道彭城人，二潘黃岡人，二林蘄州人，夏倪高荷荆南人，韓駒蜀人，晁叔用鉅野人，江子我陳留人，王立之南州人，祖可丹陽人，似不得槪名之曰江西詩派；或以其同祖黃庭堅，庭堅江西人，故名江西派；然潘大臨韓子蒼並得法於蘇門，祖可善權實近乎韋體，何得謂爲同祖庭堅耶？馮詠江西詩派論，曰：『人不產於江西，而以江西派之學不出於山谷，而以山谷派之，出異歸同也。』此言是也。江西詩派雖不盡出自江西，而大半出自江西，雖非盡祖山谷，而氣味皆似山谷，名之曰江西詩派，有何不可！故楊萬里江西宗派序亦曰：『江西詩者，詩江西也，人非皆江西人也，而詩曰江西者何？繫之也；繫之者何？以味不以形也。』初期旣已定名江西詩派，繼則凡學此體，或出自此體者，皆亦謂之江西詩派也。

始祖

【小傳】黄庭堅字魯直，分寧人，卽今修水縣治，居於雙井，故人稱之曰黄雙井；嘗遊灊皖山谷寺，樂其勝，自號山谷老人；過涪又自號涪翁。初舉進士，歷官神宗實錄檢討國史編修官，故人又稱之曰黄太史。紹聖間出知宣鄂，坐事貶涪州別駕安置黔州，起監鄂稅，知舒州，又貶編管宜州，卒年六十一，（慶曆五年一〇四五——崇寧四年一一〇五）諡文節，有全集行世。天才峻拔，學識豐富，詩文騷辭無所不能，詩與東坡齊名，號蘇黄；詞與少游齊名，號秦七黄九；中年出東坡門下，東坡嘗稱之，曰：『其詩文超逸絕塵，獨立萬物之表，世人久無此作！』由是名始大噪，及謫黔州，句法尤高，筆勢放縱，實天下之奇，宋興以來，一人而已！而山谷亦以擅詩自居，與秦少章書曰：『庭堅醉心於詩與楚辭，似若有得，至於論議文字，今日乃當付之少游及秦晁張無己，足下可從此四君子一二問之。』又論詩文帖曰：『余自謂作詩頗有悟處，若諸文亦無長處可過人，予嘗言作詩在東坡下，文潛少游上，至於雜文，與無咎等耳。』此亦可以見其專詣於詩也。蓋歐蘇以來，鮮專攻詩者，獨山谷專攻之，卒自成一格，山谷沒後，其體法大行，遂爲江西派，流風餘韵，直至近代，猶未盡歇。滄浪詩話『宋詩至東坡山谷，始出己意，以爲詩，唐人之風變矣。山谷用工尤爲深刻，其後法席盛行，海內稱爲江西宗派。』江西宗派小序：『豫章會稡百家之長，究極歷代體制之變，蒐獵奇書，穿穴異聞，作古律，雖隻字半句，不輕出。』陸象山與江帥書：『詩至豫章而益大肆其力，包含欲無外，搜抉欲無祕；體制通今古，思致極幽眇，貫穿馳騁，工精力到，亦宇宙之奇詭也！』卽此可知山谷爲詩工苦之大槪矣。

【宗主】 山谷詩宗杜甫，人皆知之，張巨山曰：『山谷古律詩酷學少陵，』苕溪漁隱叢話曰：『魯直詩本得法於少陵，』陳無己曰：『豫章之學博矣，而得法於少陵，』歲寒堂詩話曰：『魯直詩自言學子美，子美之詩，得山谷而後發明。』山谷自述其學老杜之故，曰：『學老杜詩，所謂刻鵠不成，猶類鶩也；學晚唐諸人詩，所謂作法於涼，其弊猶貪，作法於貪，弊將若何？』（與趙伯充書）所見誠是。考山谷之環境，實不容其不學老杜，蓋山谷幼承庭訓，長而就學，其父黃庶字亞夫，素有詩名，嗜少陵，句律奇崛，世謂爲山魈水怪着薜荔之體，後山詩話曰：『唐人不學杜詩，惟黃庶謝師厚學之；魯直、黃之子，謝之壻也，其於二父，猶子美之於審言也。』洪駒父詩話曰：『山谷父亞夫詩自有句法，山谷句法高妙，蓋自淵源有自，』洪氏乃山谷甥，陳氏乃山谷友，其言必有徵。山谷黃氏二室墓誌銘曰：『庭堅年十七時，從舅氏李公擇學於淮南，始識孫公，得聞言行之要，啓迪勸獎，使知問道之方，孫公憐其少立，故以蘭溪歸之，及庭堅失蘭溪，謝公方爲介休擇對，見庭堅之詩，曰：吾得壻如是足矣，庭堅因往求之，然庭堅之詩，卒從謝公得句法。』孫公孫莘老也，謝公謝師厚也，李公擇李常也。又東坡答魯直書：『軾始見足下詩文於孫莘老之坐，其後過李公擇於濟南，則見足下之詩愈多。』則李公擇、孫莘老、謝師厚三先生，皆山谷師也。山谷集中多與三先生倡和之作，而三先生固皆王荆公詩友，極嗜老杜體者也。艇齋詩話曰：『山谷詩妙天下，然自謂得句法於謝師厚，得用事於韓持國。』韓持國韓維也，維亦王荆公詩友，極嗜老杜體者也；故山谷父旣學杜，師又皆學杜，則山谷詩可得不學杜耶？卽此又可知山谷學杜，間接受王荆公影響不少。觀林詩話：『山谷云：余從半山老人得古詩句法，』愈足證也。

然山谷止限於老杜乎曰否以老杜爲主耳老杜外，有陶淵明，亦山谷所宗。山谷題意可詩後曰：『庾開府之所長，然有意於爲詩也；至於淵明，則所謂不煩繩削而自合。』又論詩曰：『陶彭澤之牆數仞，謝庾未能窺者，何哉？蓋二公有意於俗人贊毁其工拙，淵明直寄焉耳。』又跋淵明詩卷曰：『血氣方剛，讀此如嚼枯木，及綿歷世事，知决定無所用智。』所以推尊淵明者至矣！故豫章詩話曰：『江西詩派當以陶淵明爲始祖。』江西詩社宗派圖錄曰：『江西之派實祖淵明。』陳豊黃詩辨疑曰：『山谷祖陶宗杜，體無不備。』揆以山谷言，山谷嗜陶，似在晚年，其所以嗜陶者，則歷經世變，又受東坡影響使然耳。陶之外有李白韓愈，亦爲山谷所推尊。山谷與徐師川書曰：『所寄詩善甚，其未至者，探經術未深，讀老杜李白韓愈詩未熟耳。』所以推尊韓者，亦承其父亞夫家學之故。四庫提要曰：『庭堅之學韓愈，實自庶倡之，』所以推尊李者，則又受歐公荆公東坡之影響歟？韓李外，尚有西崑體亦與山谷暗結胬緣，特山谷諱之。山谷有詩云：『元之如砥柱，大年若霜鶚，王楊立本朝，與世作郛廓。』是盛稱楊大年詩；然此山谷初年之事，陳豊黃詩辨疑：『公早年亦從事於玉溪生，故集中流麗芊綿者，亦復不少；』風月堂詩話：『黃魯直獨用崑體工夫而造老杜渾全之境，禪家所謂更高一着；』載酒園詩話：『魯直好奇兼好使事，實陰效錢劉，而變其音節。』考山谷初年，猶得及西崑餘勢，無意中受其漸染，而終身不能擺脫淨盡也。

總之：杜甫詩爲山谷所宗主，陶潛韓愈李白三人皆山谷所推尊，蘇軾韓維李常孫覺謝師厚五人皆山谷所親炙，而西崑體王安石皆山谷所得力，黃庶則山谷之父也，山谷可爲集宋詩大成者矣！惟晚唐詩體爲山谷所卑棄也。

【習尚】（一）模擬。自王荊公好點竄古人詩以爲己詩，開模擬捷徑，山谷承而發明之，遂大倡模擬之說，曰換骨法、脫胎法。何謂脫胎法？野老紀聞曰：『山谷云，詩意無窮，人才有限，以有限之才，追無窮之意，雖淵明少陵不能盡也，然不易其意而造其語，謂之換骨法，規模其意而形容之，謂之脫胎法。』不易其意而造其語者，詩憲所謂『意同語異，』卽換辭不換意也。規模其意而形容之者，詩憲所謂『因人之意觸類而長之，』是換意不換格也。後之人因山谷言欠明確，竟悞視脫胎換骨爲一事，混曰脫胎換骨法，失其實矣！如杜甫夢李白詩：『落月滿屋梁，猶疑照顏色；』山谷簟詩：『落日映江波，依稀比顏色；』是用脫胎法。如杜牧詩『平生五色綫，願補舜衣裳，』山谷詩『胸中五色綫，補袞用功深，』卽用換骨法。如艇齋詩話：『山谷咏明皇時事云「扶風喬木夏陰合，斜谷鈴聲秋夜深，人到愁來無處會，不關情處亦傷心！」全用樂天詩云「峽猿亦無意，隴水復何情，爲到愁人耳，皆爲腸斷聲。」』又曰：『山谷「簡編自襁褓，簪笏到仍昆；」取退之聯句「爵勳逮僮僕，簪笏自懷繃。」』凡此皆換骨法。優古堂詩話：『唐朱晝喜陳懿老至詩云「一別一千日，一日十二憶」乃知山谷「五更歸夢三千里，一日思親十二時」之句，取此。』室中語『客舉魯直詩云，「石吾甚愛之，勿使牛礪角；牛礪角尙可，牛鬭殘我竹，」體製甚新，公徐云：「獨漉水中泥，水濁不見月；不見月尙可，水深行人沒。」蓋是李白獨漉篇也。』凡此皆脫胎法，此外不勝枚舉。

（二）拗律。山谷好爲拗律。拗律亦曰破律，謂不從正律之限格，此法本自老杜，或謂創於山谷者非也，山谷因老杜遺法耳。瀛奎律髓：『拗字詩，老杜七言律一百五十九首，而此體凡十九出，不止句中拗一字，往往神出鬼沒，雖拗字甚多，而骨格愈峻峭，今江湖學者殊不知始於老杜，五言律亦有拗者，但不如七言吳體全拗爾。』蓋宋興迄歐蘇，諸家所作律體，無非正調，其失闡緩，難以見好，山谷有鑒於此，故多爲拗律，以張奇軍。藏海詩話：『七言律極難作，易得俗，是以山谷別爲一體。』環溪詩話：『杜詩以律而差拗，於律之中，又有律焉，此體惟山谷能之，然詩纔拗則健而多奇，入律則弱而難古。』其法有單拗，有雙拗，有吳體，單拗者於出句中平仄二字互換，雙拗者兩句中平仄二字對換，吳體者大拗而大救，於每對句之第五字以平聲諧轉者也。山谷詩，如題落星寺『落星開士深結屋，龍閣老翁來賦詩，小雨藏山客坐久，長江接天帆到遲，燕寢清香與世隔，畫圖絕妙無人知，蜂房各自開戶牖，處處煮茶藤一枝，』即是吳體。如池口風雨留三日詩：『孤城三日風吹雨，小市人家只菜蔬，水遠山長雙屬玉，身閑心苦一舂鉏，翁從旁舍來收網，我適臨川不羨魚，俛仰之間已陳迹，暮窗歸了讀殘書。』即是單拗。如次韻柳通叟求田問舍詩：『少日心期轉悠繆，蛾眉見妒且障羞，但令有婦如康子，安用生兒似仲謀？橫笛牛羊歸晚徑，捲簾瓜芋熟西疇，功名可致猶回首，何況功名不可求！』即是雙拗。

（三）用事。山谷初從事西崑之學，西崑體最好用事，既而從荊公諸詩友遊，又從東坡遊，荊公以善用事著稱，東坡以好用事著稱，而山谷詩其亦好用事也宜矣。山谷詩用事雖不若西崑之甚，亦不得謂寡，如次韻任道食荔枝有感：『一錢不直程衛尉，萬事稱好司馬公，白髮永無懷橘日，一年怊悵荔支紅。』四句而用三事。如咏猩猩毛筆：『平生幾兩屐，身後五車書，』十字而用四事。如戲呈孔毅父詩，『管城子無食肉相，孔方兄有絕交書，』此類淺學之士，實不解所謂。故載酒園詩話：『山谷詩又好使事，』詩藪『用事至蘇黃，堆疊詼諧，粗疏詭譎，而凌夷極矣！』歲寒堂詩話：『蘇黃用事押韵之功至矣盡矣！』皆謂山谷詩好用事也。

（四）好奇。山谷詩，於近體既好爲拗律，以求奇，於古體又好用奇事、奇字，亦以求奇，臨漢隱居詩話：『黃庭堅專求古人一二未使之事而成詩，』是謂其好用奇事。歲寒堂詩話：『魯直專以補綴奇字爲詩，』是謂好用奇字。總之奇者山谷詩所極智盡力而追求之境界。故詩藪曰：『黃律詩徒得杜聲調之偏，至古體歌行，晦澀枯槁，刻意爲奇而不能奇。』吳澄序王實翁詩曰：『黃太史必爲奇，』圍爐詩話曰：『山谷專意出奇，』皆謂山谷詩好奇也。

（五）尙硬。韓昌黎詩以『橫空盤硬語，妥貼力排奡，』爲主，永叔援其法，以矯西崑繁縟之弊，東坡繼之另闢途徑，以宏闊雄厚爲主，而有疏弱之患，山谷繼又欲另闢途徑，反而參諸昌黎之法，於篇中使無閑句，句中使無閑字，嫌寫景之失弱也而多寫情，嫌寫情之微失弱也，而更多寫意，此皆山谷詩求硬之法也。如晝寢詩：『馬齧枯萁諠午枕，夢成風雨浪翻江，』勞坑入前城詩『白狐跳梁去，豪豬森怒嗥，』此等句，力盤硬語，與昌黎絕似，故朱竹垞序石園集曰：『涪氏厭格詩近體之平熟，務去陳言，力盤硬語；』錢牧齋注杜詩略例曰：『魯直之學杜也，不知杜之眞脈絡，而擬議其橫空排奡奇句硬語，』皆謂山谷詩之尙硬也。

（六）律古並重。宋初詩家，如樂天體、晚唐體、西崑派，皆好爲律詩，昌黎體、東坡體，皆好爲古體，獨王荆公於古體律體並嗜，山谷承之，亦意無軒輊，集中古律各半，詩法萃編曰：『山谷詩拗峭生辣，魄力雄厚，古律並擅其長，』是也。

（七）辭意並重。山谷以前詩家，鮮以立意與修辭並重者，有之，亦惟王荆公；山谷承之，其詩亦於立意修辭，豪無軒輊。山谷與王觀復書曰：『所送新詩，皆興寄高遠，但當以理爲主，理得而辭順；』詩文發源曰：『山谷謂秦少遊云：學詩須要每作一篇，先立大意，』是山谷論作詩當主意也。故詩概曰：『蘇黃詩皆以意勝，』然山谷詩非由天才，實經鍛鍊，時得一句而苦無佳對，時成一聯而終未成篇，固未嘗草草敷辭。山谷論詩嘗言布置，詩文發源曰：『山谷云作詩如作雜劇，初時布置，臨了須打一諢，方是出場；』布置卽修辭之事。又嘗言脫胎換骨法，則山谷爲詩非不重法矣；再與王觀復書曰：『所寄詩多佳句，猶恨雕琢工多，文章成就，更無斧鑿痕，乃爲佳耳。』然則山谷非欲廢雕琢之功，乃不欲其過甚；換言之，即非欲棄修辭之事，乃不欲其有斧鑿痕，而得立意修辭之序，不以一廢一也。

【批評】　山谷詩長既不少，短亦頗多，而其爲長爲短，又因嗜者不同，而異其論。或病其寡味，隨園詩話：『山谷詩如果中之百合，果蔬中之刀豆，畢竟味少，』懷麓堂詩話：『熊蹯雞蹠，筋骨有餘而肉味絕少，好奇者不能舍之，而不足以饜天下；山谷詩大氐如此。』或病其枯槁，詩藪：『黃詩晦澀枯槁。』或謂其不妙，滹南詩話：『山谷之詩有奇而無妙。』或病其乏情，隨園詩話：『蘇黃瘦硬短於言情。』要之，枯槁，無妙，乏情，皆寡味也，寡味是山谷詩之一病矣。或病其太生，說詩晬語『黃魯直太生』，詩法萃編『山谷詩窮力追新，時有太生之病，』朱竹垞序石園集：『黃魯直吾見其太生。』或病其生強，西圃詩說『黃魯直不免於生強。』或病其生澀，唐宋詩醇：『魯直多生澀而少渾成。』或病其着力，香石詩話：『黃山谷太着力。』或病其粗怪險僻，一瓢詩話：『山谷以粗怪險僻爲法門。』或病其詰屈。載酒園詩話：『魯直多矯揉詰屈，不能自然。』要之，生澀、生強、太生、太着力、粗怪險僻、矯揉詰屈，皆不自然也；不自然是山谷詩之二病矣。此外尙有一病曰沿襲。原山谷倡導脫胎法換骨法，未嘗不是，要在融化運用之善否；善者直可超越原作，有出藍之妙，否則直成沿襲、剽竊，若謂山谷剽竊古人，吾固未之敢信；惟考唐賈至詩云：『草色青青柳色黃，桃花歷亂李花香，東風不爲吹愁去，春日偏能惹恨長，』山谷僅改「歷」字爲「零」，「李」字爲「杏」，「東」字爲「春」，「爲」字爲「解」，便以爲己作。又李白詩『人煙寒橘柚，秋色老梧桐，』山谷僅點竄「烟」字爲「家」，「寒」字爲「園」，便以爲己作。又王安石詩『祇向貧家促機杼，幾家能有一鉤絲，』山谷詩『莫作秋蟲促機杼，貧家能有幾鉤絲，』只改換五字，便以爲己作。又白香山詩『百年夜分半，一歲春無多，』山谷詩『百年中半夜分去，一歲無多春再來，』僅增附四字，便以爲己作。此類不勝枚舉，似難免剽竊之譏。滹南詩話：『魯直論詩有脫胎換骨點鐵成金之喩，世以爲名言；以予觀之，特剽竊之黠者耳。』然則沿襲是山谷詩之三病矣。其長如何？或以爲不蹈古人町畦，自爲一家。豫章詩話『江西詩則山谷倡之，自爲一家，不蹈古人町畦。』或以爲又出一種風骨境界。香石詩話：『翁覃溪云：山谷詩於坡公之外，又出此一種絕高之風骨，絕大之境界，造化元神，發洩盡矣。』或以爲有開闢之功。五總志『山谷中年以後，句律超妙入神，於詩人有開闢之功。』要之：皆謂山谷開拓詩境，是其一長也。或謂其奇，藏海詩話『山谷詩奇，』後山詩話『黃魯直以奇而好。』或謂其奇峭，庚溪詩話『山谷之詩清新奇峭。』或謂其奧峭，隨園詩話『黄山谷之奧峭。』要之，皆謂山谷詩奇峭，是其二長也。

分體論之：山谷古詩雖學老杜，而實不似，律體得杜之一調，而亦終不爲杜，詩藪『黄律詩得杜聲調之偏者，其語未嘗有杜也；古選歌行絕與杜不類。』其七古之得者，爲健爲奇，越縵堂詩話：『七古若山谷之健，亦足名家。』紀昀書山谷集後：『七古離奇孤矯，骨瘦而韵遠，格高而力壯。』失者則爲莽爲澁，紀昀書山谷集後『七古於苦澁鹵莽，則涪翁處處有之。』五古之得者，爲生爲強，紀昀書山谷集後『涪翁五古力開窔奧，亦有洞心而駴目者，別則觀之，未嘗無益。』失者爲病多矣，紀昀書山谷集後『涪翁五古，大氐有四病：曰腐，曰率，曰雜，曰澁，』近體七律之得者，爲奧峭，爲奇恣，倪備說詩『少陵七律，無法不備，山谷學之，得其奧峭；』瀛奎律髓：紀昀批山谷七律，『意境奇恣，是山谷獨闢。』五律之得者極鮮，歲寒堂詩話『五律山谷晚年乃工，然其集中不過白雲亭宴十韵耳。』而七律之失者，則爲生澁。曾國藩題大雲山房詩、論七律『參以山谷之崛強而去其生澁，』可見生澁乃山谷七律之病也。五律之失者，與其五古大同，紀昀書山谷集後『涪翁五言古律皆多不成語，殆長吉所謂強回筆端作短調耶？』五六言絕，亦皆粗莽，未足言詩，至於七絕，山谷專學老杜，老杜七絕本屬偏格，與唐諸家不同，山谷學之，更失者多而得者少。紀昀書山谷集後『涪翁七絕佳者，往往斷絕孤迥，骨韻天拔，然粗莽支離，十居八九，又好作平調，率無味。』

若將山谷諸體詩比較論之：昔人多稱其古善於律，隱居通議『山谷所長在古體，固不以律名；然時作律，亦自有一種句法。』後村詩話『山谷詩律不如古。』竊謂此乃盲蔽之見，山谷雖古體亦不惡，終受昌黎體、荆公體、東坡體影響，有些許以文爲詩之氣味，未若其律詩獨闢精到，神意飛揚，而以才力倔強，五言又不如其七言，故五律不如其七律，五絕又不如其七絕，蓋最足代表山谷詩者，惟其七律也。

初期

【小傳】（一）陳師道，字無己，又字履常，號後山，彭城人，年十六，謁曾鞏，從受業，盡其學，賦性鯁直，才識迥絕。元豐初，曾鞏典史事，以白衣薦爲屬，不果；元祐三年，蘇軾孫覺等薦爲徐州教授，除太學博士，後以蘇黨嫌罷。元符間，除祕省正字，以貧羸寒疾而卒，年四十九。（皇祐五年一〇五三——建中靖國元年一一〇一）有後山集行世，文詞皆極高妙，而詩爲最擅。初後山從南豐學；南豐本古文家，不以詩名，故後山早歲詩，不外古文詩派之風，中年入東坡門，世稱爲蘇門六君子之一，東坡極器重之；然後山答東坡詩云：『平生一瓣香，敬爲曾南豐，』則專師曾鞏，於東坡雖所敬愛，而有自外意；及後一見黃山谷詩，竟傾心焉，遂終身文師南豐、詩師山谷。後山贈魯直詩曰：『陳詩傳筆意，願列弟子行。』答秦觀書曰：『僕於詩初無詩法，然少好之，老而不厭，數以千計，及一見黃豫章，盡焚其稿而學焉，』山谷亦極器重之。山谷答王子飛書曰：『陳履常天下士也，其作詩淵源，得老杜句法，今之詩人不能當也，』由是黃陳齊名。惟陳雖學於黃，僅求得學老杜之法，而詩未盡與黃似，亦未嘗盡求相似也。蓋山谷好奇，得杜偏格，後山雖亦好奇，而轉求老杜正法。嘗自述其詩與山谷之別，贈魯直曰：『君如雙井茶，衆口願其嘗，顧我如麥飯，猶足塡飢腸。』答秦觀書曰：『僕嘗謂豫章之詩如其人，近不可親，遠不可疏，非其好者莫聞其聲，而僕負戴道上，人得易之，故談者謂僕詩過於豫章。』皆謂奇正之不同也。其作詩則全憑學力專精，鍛鍊辛苦，一與山谷無異，且或過之。有絕句曰：『此生精力盡於詩，末歲心存力已疲。』自述其專精於詩也。答秦少章詩曰：『學詩如學仙，時至骨自換。』此自述其工苦，謂作詩當由學力也。石林詩話『陳無己每登臨得句，卽急歸，臥一榻，以被蒙之，謂之吟榻，家人知之，卽貓犬皆逐之，嬰兒稚子亦皆抱持寄鄰家。』郤掃編：『陳無己一詩成，揭之壁間，坐臥哦咏，有竄易至月十日乃定，有終不如意者，則棄去之；故平生所爲至多，而見於集中者，才數百篇。』山谷絕句『閉門覓句陳無己，對客揮毫秦少游，』皆可見後山詩之鍛鍊辛苦矣。故論者或取其鍛鍊，隱居通議『後山詩或病其艱澁，然揫斂鍛鍊之工，自不可及。』或取其雅健，朱子語類『後山詩雅健勝山谷，然氣力不及，山谷較大，此其所以推服弗置！』或將後山諸體詩比較論之：紀昀序陳後山詩鈔曰：『五古劖刻堅苦，出入郊島之間，意所孤詣，殆不可攀；其生硬杈枒，則不免江西惡習；七古多效昌黎，而間雜以涪翁之格，語健而不免粗，氣勁而不免直，以拗折爲長，而不免少開闔變動之妙，篇什特少，亦知非所長也。五律蒼堅瘦勁，實逼少陵，其間意僻語澁者，亦往往自露本質，然胎息古人，得其神髓，而不掩其性情，此後山之所以善學杜也，七律嶔崎磊落，矯矯獨行，惟語太率而意太竭者，是其短。五七言絕則純爲少陵遺興之體，合格者十不一二矣，大氐絕不如古，古不如律，律又七言不如五言，要不失爲北宋巨手。』竊意後山古詩，參雜昌黎體山谷體之氣味，而律詩則學老杜之正法，五言最爲得之。如除夜詩『歲晚身何託，燈前客未空，半生憂患裏，一夢有無中，髮短愁催白，顏衰酒借紅，我歌君起舞，潦倒略相同。』此類渾雄雅健，極似老杜，故詩藪曰『陳五言律得杜骨』也。

（二）潘大臨字邠老，黃岡人，能詩，終身不仕，崇寧五年（一一〇六）卒，有柯山集，已佚。早負盛名，及與東坡山谷師川駒父遊，詩法愈妙，句律愈進。山谷書倦殼軒詩後曰：『潘邠老密得詩律於東坡，蓋天下奇才也！』呂紫薇嘗服其詩之精苦。後村詩話則曰：『潘邠老詩自云學老杜，然有空意，無實力；余病其深蕪，後見夏均父讀邠老詩，亦有深蕪之評。』竊意邠老豈學老杜而入昌黎之途者耶？抑年未五十而沒，未能盡其才耶？記載其得句曰「滿城風雨近重陽」，以吏來催租而沮，竟不能續成，人多稱道之；然觀其江上詩：『西山通虎穴，赤壁隱龍宮，形勝三分國，波流萬世功；沙明拳宿鷺，天闊退飛鴻，最羨漁竿客，歸船雨打篷。』誠學老杜體者，劉夏之評，亦云是矣！

（三）謝逸字無逸，號溪堂居士，臨川人，能文善詞，尤精詩，秉性峻潔，名重縉紳，不喜書生，好從僧侶，以布衣老死於政和二年（一一一二），纔四十餘歲，有溪堂集行世，與汪信民呂本中輩相善，本中之祖滎陽公，即無逸師也。黃魯直極稱賞之，讀其詩，謂『使在館閣，不減晁張，』呂本中嘗服其富贍，而跋竹友集復曰：『謝康樂詩規摹宏遠，為一時之冠；竊以為無逸詩似康樂。』後村詩話以為不然，曰：『康樂一字百鍊乃出冶；無逸輕快有餘，而欠工緻。』今觀其詩，如寄隱士『先生骨相不封侯，卜居但得林塘幽，家藏玉唾幾千卷，手挍韋編三千秋，相知四海孰青眼，高臥一菴今白頭；襄王耆舊節獨苦，只有龎公不入州。』此乃山谷拗體而頗健者，無怪山谷稱賞之。如社日『雨柳垂垂葉，風溪細細紋，清歡惟煮茗，美味只羹芹，飲不遭田父，歸無遺細君，東皋農事作，舉趾待耕耘。』此乃學老杜而工夫稍淺者，無怪後村謂其輕快有餘。如晚春『門前楊柳暗沙汀，雨溼東風未放晴，點點落花春事晚，青青芳草暮愁生。』此類音節和叶，風情富裕，則又無怪呂本中謂其似康樂也。而四庫提要曰：『逸詩稍近寒瘦，然風格雋拔，時露清新；上方黃陳則不足，下比江湖詩派，則渢渢乎雅音矣！』所論最周到而確實也。

（四）洪芻字駒父，豫章人，山谷之甥，工詩，紹聖元年進士，靖康中官諫議大夫，汴京失守，坐爲金人括財，流沙門島，卒，所著老圃集駒父詩話已佚，清四庫有輯本老圃集二卷。爲人才力超邁，恃氣好酒，山谷嘗稱其詩曰：『不意江南澤中，產此千里駒也！』觀其作，如題雲居寺『雙澗遠輸功德水，四山深閉法王家，曲肱聊寄吉祥臥，緩帶來嘗安樂茶，亦有同行木上坐，初無引路鹿銜花，孤峯頂上卻歸去，回首冥冥雲霧遮。』此類乃效山谷拗體而格力亦復相似者，無怪觀林詩話曰：『豫章諸洪作詩，有外家法律。』

（五）饒節字德操，臨川人，初與謝逸相契，繼至黃州，從潘邠老遊。元符間，至京師，客知樞密院曾布家上書請布引用蘇子瞻黃魯直諸公，不能合，遂辭去，後從香巖智悅師祝髮，法名如璧，道號倚松老人，有集行世；其詩爲派中三僧之冠，或謂足與呂居仁對壘；居襄漢間，聲望甚重。初，德操有大志，既不達，始放浪以詩酒自遣，夏倪汪革輩皆與交好，德操每依夏如家焉。紫薇詩話曰：『節詩蕭散，爲僧後，更高妙，殆不可及！』後村詩話曰：『節詩輕快似謝無逸，亦欠工。』今觀其答居仁詩，『向來相許濟時功，大似頻伽餉遠空，我已定交木上座，君猶求舊管城公，文章不療百年老，世事能排雙頰紅，好貸夜窗三十刻，胡牀趺坐究幡風。』此類句法，純效山谷；然學力欠到，淬鍊未深。又如德雲菴詩、『巖下虛通上入雲，衆山圍繞一山尊，德菴只在此山頂，童子何妨問法門？已種秋松三百本，待移蒼竹一千根，不須更學藥山老，月下嘯聲驚遠村。』此類雖末二句效拗體，而全詩辭氣，誠蕭散且近輕快矣。

（六）祖可字正平，丹陽人，蘇伯固之子，蘇養直之兄也。住廬山，素有癩疾，人號之曰癩可，與善權同學詩，而骨氣高邁，爲徐俯李彭所推重，有東溪集瀑泉集，今佚。善權嘗歎其詩精絕，西淸詩話嘗許其詩雄爽，而捫蝨新語又許其淸，許其警妙，許其刻苦，許其於韋蘇州性而有之。後村詩話則曰『祖可噉讀書，詩料多，無蔬筍氣，僧中一角麟也，』然觀其詩，如秋屏閣『袖手章江淨渺然，倚風殘葉舞翩翩，霜鷗睡渚白勝雪，霧雨含沙輕若烟，楊柳一番南陌上，梅花三弄遠雲邊，匣鳴雙劍忽生興，我欲因從東去船，』實效山谷律法。

（七）徐俯字師川，號東湖居士，分寧人，山谷之甥，官至權參知政事，紹興十年（一一四〇）卒，有東湖集，已佚。山谷嘗歎其詩辭氣雄壯，目爲頹波砥柱。少時性格，即每事不肯下人，故雖得詩法於山谷，仍別標異論；聞呂本中引之入派，乃奮然不平曰：吾乃居行間乎？艇齋詩話云：『東湖嘗與余言，近世人學詩，止於蘇黃，又其上則有及老杜，至六朝詩，皆無人窺見；若學詩而不知有選詩，是大車無輗小車無軏！』淸波小志云：『徐師川視山谷爲外家，晚年欲自立名世；客有贊見甚稱淵源所自。公讀之，不樂，答以小啓曰：涪翁之妙天下，君其問諸水濱？斯道之大域中，我獨知之濠上。』不足於山谷之意，谿諸辭表，蓋師川見山谷詩之難以攀越，故另尋別徑，昌言選詩；實則師川所作，如梅花『羌笛何勞塞北吹？江南何處不寒梅，千林寂寂無人看，獨樹亭亭對客開。偏爲咨嗟惟爾念，是誰移種待君來？縱留一曲安能唱，恰似朝歌墨子回！』此類疏拙卑陋，去山谷甚遠；卽視同時派中諸人，猶有歉色，何得便言選詩？且師川所謂選詩，亦不出淵明一派，江西詩話『師川最喜韋應物詩，常云韋蘇州詩，人多言其古澹，乃是不知言，自李杜以後人，詩法盡廢，惟韋應物有六朝風致，最爲流麗。』韋固學陶者，而師川最喜韋，可知其所謂選詩，主在陶也。惟山谷晚年亦喜陶作，師川究未能脫越山谷範圍。故後村詩話曰：『師川藐視一世，然集中不能皆善。』瀛奎律髓則大詆之，曰：『東湖居士集三卷，上卷古體，中卷五言近體，下卷七言近體，以予考之：殆以山谷之甥，常親見之，故當世不敢有異論；在江西派中，無甚奇也！惟壓卷數首可觀，亦人所可到；律詩絕無可選。』而師川詩復好用疊字，如「寂寂」「亭亭」「重重」「片片」之類，數見不尠，瀛奎律髓又曰：『師川詩、多愛句中疊字，十首八九如此，可憎可厭！』此等字用之太多，固不僅可厭，且失之柔弱矣。

（八）洪朋字龜父，洪芻之兄，兩舉進士不第，年三十八而卒，所著淸非集、淸四庫有輯本二卷，詩句雄壯。山谷常曰：『龜父筆力可扛鼎，他日不患無文章垂世。』今觀其詩，如寫韵亭『紫極宮下春江橫，紫極宮中百尺亭，水入方洲界玉局，雲映連山羅翠屏；小楷四聲餘翰墨，主人一粒盡仙靈，文簫彩鸞不復返，至今神界花冥冥。』此誠得其舅氏法者也。或謂其警句時出，惜不多見；然須知詩之善否，並不在此；老杜警句何嘗多見？要在氣格渾全耳。龜父雖襲山谷之法，而辭句氣格極爲渾全，惜早卒，未克盡才，顧於三洪中當屈一指。

（九）林敏修字子來，蘄春人，隱居不仕，以詩與其兄敏功及夏倪饒節相切磋，有無思集，已佚。其詩頗清爽，如題文湖州作山水橫軸『明窗十日復五日，出此湖光與山色，前身畫師語不妄，文侯乃是金門客；乍從雲際辨遠岫，爭數喬林誇眼力，波漂菰米歲事空，水濱柱下南飛鴻；欲投曉渡喚舟子，急槳已入昏煙中，徑思天邊問歸路，錯認江鄉舊洲渚，能□萬里在尺素，豪奪應防卷寒雨。』

（一〇）洪炎字玉父，三洪之最幼者，紹聖元年進士，爲穀城令，坐元祐黨貶竄；高宗朝，官至祕書少監，有西渡集行世。如需雨『驚雷勢欲拔三山，急雨聲如倒百川，但作奇寒侵客夢，若爲一震靜胡烟，田園荆棘漫流水，河洛腥羶今幾年，擬叩九關牋帝所，人非大手筆非椽！』可謂新峭。四庫提要云：『炎詩酷似其舅，』誠不誣矣！

（十一）汪革、字信民，歙人，徙居臨川，紹聖四年進士，官分教長沙，又爲宿州教授，蔡氏當國，以周王宮教召，不就，復爲楚州教授，卒年四十，（熙寧四年一〇七一——大觀四年一一一〇）有青溪集，已佚。爲文無不精到，詩尤警拔，與夏倪晁以道饒節謝無逸相善。革少饒謝數歲，而敬事之如父兄，嘗問學於張耒。師友雜誌曰：『汪信民初在潭州，張舜民作帥，厚遇信民，且勉之學；後信民教授宿州，又師滎陽公。信民常言吾平生有意於善，張呂二公之力也。』則信民乃多師以爲師者也。如寄謝逸：『問訊江南謝康樂，溪堂春木想扶疏，高談何日看揮麈，安步從來可當車，但得丹霞訪龐老，何須狗監薦相如；新年更厲於陵節，妻子同鋤五畝蔬。』雅勁之氣，亦頗足取。

（十二）李錞、字希聲，里籍不詳，曾官祕書丞，與韓駒相唱和，有集與詩話，皆佚。論詩主高古，修辭鑑衡引其言曰：『古人作詩，正以風調高古爲主，雖意遠語疏者，亦佳作；後人有切近的當氣格凡下者，終使人可憎。』如題宗室公震四時景：『九江應共五湖連，尺素能開萬里天，山杏野桃零落處，分明寒食曉風前。』

（十三）韓駒、字子蒼，蜀陵陽仙井人，政和中，詔試賜進士及第，除祕省正字，坐蘇黨謫知分寧，召爲著述郞，遷中書舍人兼修國史權直學士院提舉江州太平觀，卒於撫州，時紹興五年（一一三五）也。有陵陽集行世。嘗從蘇轍學，轍及軾均稱其詩似儲光羲，又與徐俯友善，遂受知於山谷，山谷每許其詩超逸絕塵；呂本中引之入派，駒殊不樂曰：我自學古人。然其詩如冬日書事，『北風吹日晝多陰，日暮擁堦黃葉深，倦鵲遶枝翻凍影，飛鴻摩月墮孤音，推愁不去如相覔，與老無期稍見侵，顧藉微官少年事，病來那復一分心，』此類洗盡鉛黃，獨歸瘦勁，實具江西之長，殊不似蘇氏風。四庫提要曰：『駒詩磨淬翦截，亦頗涉豫章之格，其不願寄黃氏門下，亦猶師道之瓣香南豐，不忘所自耳，非必其宗旨迥別也。』此論最是。且觀修辭鑑衡引子蒼言曰：『作詩不可太熟，亦須令生，』生固山谷之一境界也。陸游跋陵陽詩草曰：『先生詩擅天下，然反覆塗乙，又歷疏所從來，其嚴如此，可以爲後輩法矣，予聞先生之詩成，旣以予人，久或累月，遠或千里，復追取更定，無毫髮恨乃止。』此種苦攻精神，亦山谷後山輩所啓，非蘇氏之習；而謂子蒼詩非出自江西可乎？晚年僑居臨汝，從者甚衆，酬唱之盛，不減元祐；初期二十五人中，惟韓氏一脈大傳於後。

（十四）李彭、字商老，建昌人，山谷外舅李公擇尙書家子弟也；東坡山谷文潛諸公皆與往還。家貧而好學，隱居修水上，詩名頗振，有日涉園集行世。其詩綽有法度，頗具鑪錘。紫薇詩話贊之曰：『商老詩文富贍宏博，非後生容易可到。』後村詩話貶之曰：『商老頗博文強記，然詩體拘狹少變化。』然觀其詩，如春日懷秦髯：『山雨蕭蕭作快晴，郊原物物近淸明，花如解語迎人笑，草不知名隨意生，晚節漸於春事懶，病軀却怕酒壺傾，睡餘苦憶舊交友，應在日邊聽曉鶯。』句法自少陵來，律法自山谷來，故四庫提要謂其『足與謝逸洪朋相抗』也。

（十五）晁冲之、字叔用，一字用道，自號具茨先生，鉅野人，家世貴顯，飽藏書籍，舉進士，官承務郎，有具茨集行世。少時豪華逸放，逐娛聲酒，紹聖間黨禍起，被謫，乃棲遁於具茨之下，及易簀，取平生著作悉焚之，曰是不足以成吾名，故所存詩不多。常師事陳無已，又與呂本中最相識；本中每稱道其詩。師友雜誌曰：『晁冲之詩文悉有法度。』後村詩話曰：『余讀叔用詩，見其意度洪闊，氣力寬餘，一洗詩人窮餓酸辛之態，激昂慷慨，南渡後惟放翁可以繼之。』宋詩鈔曰：『叔用詩淵渟雅亮，筆有餘閑。』瀛奎律髓曰：『叔用詩學陳後山，有老杜遺風，』今觀其詩，如次二十一兄韵：『憶在長安最少年，酒酣到處一欣然，獵回漢苑秋高夜，飲罷秦臺雪作天，不擬伊優陪殿下，相隨于蔿過樓前，如今白髮山城裏，宴坐觀空習斷緣。』則論者皆非妄也。

（十六）江端本、字子之，陳留人，江端友之弟，江鄰幾之孫，所著陳留集一卷，已佚；與晁冲之善，嘗相酬和，惜其詩無隻句傳者。

（十七）楊符、字信祖，出處未詳，所著信祖集一卷，已佚；有『吏道官官惡田家事事賢』一聯，後村詩話稱曰『唐人得意語也。』

（十八）謝薖、字幼槃，自號竹友，謝逸之弟，天資儁逸，試不第，遂與兄同隱；能詞善文，尤工詩，人稱二謝。與潘大觀汪信民呂本中友善，常相唱和。政和六年（一一一六）終，有竹友集十卷行世，呂本中跋之曰：『元暉詩清新獨出，又自有過人者；竊以爲幼槃詩似元暉，』褒之也。後村詩話曰：『幼槃差苦思，其合元暉者亦少，』抑之也。居易錄曰：『薖在江西派中，亦清逸可喜，然涪翁沈雄剛健之氣，去之尚遠，』褒且抑之也。其詩如喜雨：『十日江村烟雨濛，曉來初快日升東，挼莎蕉葉展新綠，從臾榴花開晚紅，得句又從山色裏，發跡渾在鳥聲中，披衣出戶眄四野，好在良苗懷遠風。』蓋律法得自山谷，而造句遣辭，其風格實近小謝。

（十九）夏倪、字均父，蘄州人，夏英公竦之孫，宣和中，官郝陽監酒，建炎二年（一一二八）卒。倪妻頗賢，嘗資遣倪，使多從士大夫遊，故得與山谷謝逸汪革相遊從酬答。所著遠遊堂二卷，已佚。紫薇詩話評其詩曰：『倪文辭富贍，儕輩少及；嘗以「天寒霜雪繁遊子有所之」爲韵，作十詩留別饒節，不愧前人作也。』後村詩話亦曰：『均父集中，如擬陶韋五言，亹亹逼眞，律詩用事琢句，超出繩墨，言近旨遠，可以諷味，』如題郎官湖：『太白當年夜郎謫，一尊聊與故人留，南湖乞得郎官號，從此名傳五百秋。』知其詩法原自山谷。或謂呂本中引之入派，而均父恥居下列者，能改齋漫錄嘗考辨，其非實矣。

（二十）林敏功、字子仁，敏修之兄，年十六，試不第，遂與其弟隱居，杜門不出者二十年，累徵不起，以詩與夏倪饒節相切磋，山谷嘗稱道之；政和中、賜號高隱處士，有高隱集蒙山集及與子來合刻之松坡集，皆不傳。如春日有懷：『風高收雨急，日薄過窗微，梅蕊初迎臘，春溪欲染衣，形容今日是，遊衍昔人非，節物關愁緒，歸鴻正北飛。』雖氣力稍差，亦老杜渾健之格。

（二十一）潘大觀、字仲達，潘大臨之次弟，山谷嘗誦其五言句云覺翰墨之氣如虹，猶足貫日，惜其詩無存者。

（二十二）何顗、事蹟不詳，詩亦不存，後村詩話作何顒，字人表，不知二者誰是？臆者，何顒、何顗，豈山谷所稱之二何耶？山谷書倦殼軒詩後：『予因邠老故識二何，二何嘗從吾友陳無已學問，此其淵源深遠矣！』則何顒何顗必有一人入派，以後人傳寫筆畫之訛，致不可辨歟？

（二十三）王直方、字立之，開封人，喜與蘇黃後山叔用遊，諸人皆稱許之；仕至冀州糴官，投劾歸，自號歸叟，卒年四十。（熙寧元年一〇六八——大觀三年一一〇九）所著歸叟集，直方詩話，皆佚。平生力學汲古，富藏書史，崇寧間、偶罹重疾，憂其子不克繼業，盡分所有以贈人，因得識呂本中，本中引之入派。如淮南園『賢王經別墅，深窈近嚴城，花竹四時好，賓朋一時傾，闔奩爭奕罷，擊鉢記詩成，明日朝天去，門扃鳥雀驚。』蓋亦學杜而才力不逮者，瀛奎律髓『直方親炙蘇黃諸公，詩傳不多；細讀其詩，雖不熟，亦有格。』

（二十四）善權、本姓高，字巽中，靖安人，精詩，貌素清癯，人號之曰瘦權，與祖可齊名，稱瘦權癩可。權落拓嗜酒，有眞隱集、已佚。西清詩話：『近世詩僧善權，得之清淡，』是美其詩清淡也。捫蝨新語：『病可瘦權嫌其太清，清非病也二師之於韋蘇州、性而有之，非關學也。』是許其詩似韋也。如寄致虛兄：『避寇經重險，懷事屢陟岡，空餘接淅飯，無復宿舂糧，衣袂饒霜露，柴荊足虎狼，春來何所恨，棣萼正含芳。』則近於學杜者。瀛奎律髓評此詩，曰：『眞隱集律詩纔三二首，如此詩，亦出老杜，而無一唱三歎之風，謂晚唐雖蟲小技，不及此之大片麤抹，吾恐過矣，』蓋方氏嫌其學杜而失於麤也。

（二十五）高荷，字子勉，江陵人，元祐中太學生，官蘭州通判，晚年爲童貫客，致貽人譏，自號還還先生，後知涿州，卒，有還還集二卷，已佚。爲詩學老杜，五言頗得句法，常以五律三十韻投山谷，山谷賞之，遂知名於時。山谷跋子勉詩曰：『高子勉作詩以杜子美爲標準，用一事如軍中之令，置一字如關門之鍵，而充之以博學，行之以溫恭，天下士也。』又跋歐陽元老詩曰：『高子勉作唐律五言數十韻，用事妥貼，置字有力。』皆稱其善用事善鍊字也。而山谷寄李端叔書，又曰：『比得荊南一詩人高子勉，極有筆力，使之淩厲中州，恐不減晁張，恨公未識之耳！』其推高荷若此之甚。後村詩話亦嘗稱其矯健，曰：『高子勉親經山谷指授，押險韵略無窘態，集中健語層出。』今觀子勉投山谷五律三十韻，中「蜀天何處盡，巴月幾時彎，點檢金閨彥，飄零玉筍斑，尙全宗廟器，猶隔鬼門關」數聯，則黃劉二公評，誠有當然如答山谷先生「四篇詩得梟蹄金，妙旨初臨法語尋，要我盡出兒子氣，知公全用老婆心，平章許事眞難可，付囑斯文豈易任，感激面東垂涕泗，高山從此少知音，」則淺卑粗鄙矣。雖然，固江西詩派之惡習也。

江西派初期，不止二十五人，如秦少章，頻問學於山谷，東坡謂『其詩句法本黃子；』如張彥實，紫薇詩話曰，『夏均父稱張彥實詩、出江西諸人；』如范温，紫薇詩話曰，『表叔范元實既從山谷學詩，要字字有來歷。』三子皆未得入派，而派中何顗、李錞、林敏修、潘大觀輩，事蹟多不可考。呂本中師友雜志、紫薇詩話內，皆未得一見其姓名，反得入派，豈非本中作圖，自有裁奪，而以此二十五人詩品爲最高耶？

諸人，除其事蹟不詳者外，其餘於山谷或直接經其指點，或間接受其影響，或爲其親，或爲其友，或爲其親友之親友，如徐俯、洪朋、洪炎、洪芻、皆山谷之親；高荷、謝逸、夏倪、李彭等，皆山谷之友，乃直接經山谷指點者也。如瘦權、癩可、李錞、謝薖、林敏修、汪信民等，皆山谷親友之親友，乃間接受山谷影響者也。

諸人當以陳後山詩品爲最高，謝無逸晁用道洪龜父潘大臨饒節李彭謝薖等次之，韓子蒼傳授爲最盛，而徐東湖次之，蓋韓徐二公卒年最晚故也。

諸人頗有好佛學者，且首言其始祖黃山谷，即曾學參禪者也。師友雜志『范元實常謂黃魯直學禪於祖母仙源君，曰魯直參禪，列高於人。』逸老堂詩話：『山谷晚歲信佛甚篤。』次言二十五人中學佛有據者，謝逸其一也。江西詩社宗派圖錄：『謝逸生平不喜對書生，山巔水湄，多從衲子遊。』汪革其二也。後村詩話：『呂滎陽居符離，信民爲教官，從滎陽學，其詩云：「富貴榮中華，文章木上癭，要知眞實地，惟有華嚴境。」蓋呂氏家世本喜談禪。而紫薇與信民皆尙禪學。』李彭其三也。宗派圖錄『李彭尤究心釋典。』如璧祖可善權三釋子也。則共有六人通佛學矣。恐不止於此而已。載籍亡佚，無可稽案。其時學風，研佛爲盛，六人之外，定不爲少。此事雖似與江西詩派無關，而江西詩之「淸」與「奇」二個境界，終與佛學結有些許關繫，且又諸人詩中，有佛家思想存焉。

自山谷崛起於北宋，一傳而最著者有二十五人，由二十五人再傳而披靡南宋，於是詩人盡由江西之法而不自知其詩出自江西，因之世人亦不知其詩出自江西，此江西詩派之二期也。然有三公，卽呂本中、曾吉父、陳簡齋，可當其魁，劉克莊序茶山誠齋詩選：『比之禪學，山谷初祖也，呂曾南北二宗也。』鶴林玉露：『自陳黃之後，詩人無逾陳簡齋。』徐善明序西洲詩集，『陳簡齋曾茶山振微引墜，式克至於今日，數十年來，何地何人不詩。』瀛奎律髓『嗣黃陳而恢張悲壯者，陳簡齋也，流動圓活者，呂居仁也，清勁雅潔，曾茶山也。』

【小傳】（一）呂本中字居仁，壽春人，遷洛陽，復徙婺州，乃元祐宰相呂公著之曾孫，右丞好問之長子，呂大器之父而呂祖謙之祖也。宣和中爲樞密院編修，靖康中權尙書郎，紹興中，特賜進士，官至中書舍人，故人稱呂紫薇，又稱大東萊先生。淵源家學，有中原文獻之目；平生嗜酒耽禪，究精理學，交遊頗廣，江西詩派圖卽本中所作。本中生年較初期諸人遲，而潘大臨、晁冲之、王直方、饒節、徐俯、洪炎、汪革、韓駒、楊符、夏倪、謝逸、謝邁，皆爲本中師友。本中未得親見山谷，而豫章詩話曰：『呂本中少學山谷爲詩』者，蓋與諸公交遊故也。所著東萊詩集，紫薇詩話，紫薇雜說，師友雜志，春秋集解諸書，皆存，惟童蒙訓殘缺不全。卒年五十四。（元豐七年一〇八四——紹興八年一一三八）論詩主活法，尙自然，序夏均父詩集，曰：『學詩當識活法，規矩備具，而能出於規矩之外，變化不測，而亦不變於規矩也。是道也，蓋有定法而無定法，無定法而有定法，知是者則可以語活法也。謝元暉有言：好詩流轉圜美如彈丸，此眞活法也。』蓋本中欲以此法挽救初期粗硬杈枒之病也。如雨後至城外：『日日思歸未就歸，只今行露已沾衣，江村過雨蓬麻亂，野水連天鸛鶴飛；塵務卻嫌經意少，故人新更得書稀，鹿門縱隱猶多事，苦向人前說是非。』此類誠近流轉。是以瀛奎律髓曰：『居仁在江西派中，最爲流動而不滯者，故其詩多活。』然本中亦未嘗失去江西派學杜之原面目，陸游序呂居仁詩集曰：『汪洋宏肆，兼備衆體，間出新意，愈奇而愈渾厚，震耀耳目而不失高古，一時學士宗焉，』汪洋宏肆，新奇渾厚，震耀高古，皆老杜之佳境也。本中詩，如夜坐『所至留連不計程，兩年堅臥厭南征，荒城日短溪山靜，野寺人稀鸛鶴鳴？藥裹向人閑自好，文書到眼病猶明，較量定力差精進，夜夜蒲團坐五更。』此類雜之老杜集中，殆不可辨矣。

（二）曾幾字吉父，贛縣人，徙居河南，賜上舍出身，高宗朝，官江西浙江提刑，忤秦檜去職，僑居上饒茶山寺，自號茶山居士，復召爲祕書少監權禮部侍郎提舉玉隆觀，卒謚文清，享年八十三。（元豐七年一〇八四——乾道二年一一六六）所著詩文皆佚，四庫有輯本茶山集八卷。考其詩學淵源，西塘耆舊續聞：『曾文清公三孔出也，少從諸舅遊。』三孔詩固似學老杜者，詩人玉屑『茶山之學，亦出於韓子蒼。』陸游撰曾公墓誌『公以治經學道之餘，發爲文章，雅正純粹，而詩尤工，以杜甫黃庭堅爲宗，初與徐俯韓駒呂本中遊。』徐韓皆初期作家，呂本中子大器乃公之壻，公與本中原相識而爲唱和友者也。而公又有詩呈韓子蒼，『一時翰墨頗橫流，誰以斯文坐鎮浮，後學不虛稱吏部，此生曾是識荆州，相逢未改舊青眼，自笑無成今白頭，聞道少林新得髓，離言語處許參不？』其推崇子蒼，可謂備至，參觀玉屑墓誌諸說，則公詩由韓駒而得老杜江西之法，無疑矣。論詩與呂本中相類，寄本中詩『學詩如參禪，愼勿參死句，縱橫無不可，乃在歡喜處，又如學仙子，辛苦終不遇，忽然毛骨換，政用口訣故。』亦主活法與頓悟也。江西詩話曰：『曾幾爲詩，古雅贍麗。』瀛奎律髓曰：『淸勁雅潔者，曾茶山也。』二家之論，雖不無溢美，亦正得其佳處。紀昀曰『茶山詩則一味生硬』賀裳曰：『茶山天性麄劣，又崇豫章麄率，備得諸公之惡境。』二公之論，雖不無過訕，亦正得其劣處也。如壬戌歲除詩：『禪榻蕭然丈室空，薰銷火冷閉門中，光陰大似燭見跋，學問只如船逆風，一歲臨分驚老大，五更相守笑兒童，休言四十明朝過，看取霜髯六十翁。』

（三）陳與義字去非，號簡齋，洛陽人，登政和三年上舍甲科，官太學博士，謫監陳留酒稅，南渡後，輾轉荊湘，南踰嶺嶠，尋召爲兵部員外郎，累至參知政事，有簡齋集行世，卒年四十九。（元祐五年一〇九〇——紹興八年一一三八）公詩逈出流俗，晚年愈工，旗亭傳舍，摘句題寫殆遍，時稱新體，其享盛名如此。故方回立一祖三宗說，以老杜爲一祖，而山谷後山與簡齋爲三宗焉。初學詩於崔德符，泊宅編『陳去非少學詩於崔鶠德符，嘗請問作詩之要，崔曰：凡作詩，工拙所未論，大要忌俗而已，天下書不可不讀，然慎不可有意於用事。』崔乃北宋遺賢，簡齋既秉承其教，因之簡齋詩不特無鄙俗之病，又無掉書袋之病。簡齋自言曰：『詩至老杜極矣，蘇黃復振之。東坡才大，解縱繩墨之外，而用之不窮，山谷措意深，游泳玩味之餘，而索之益遠，要必識蘇黃之所不爲，然後可以涉老杜之厓涘。』可知簡齋之意，欲上祖老杜下宗蘇黃。然泊宅編又曰：『去非常語人本朝詩人之詩，有慎不可讀者，梅聖俞也；有不可不讀者，陳無已也。』無已固亦祖杜宗黃者，而簡齋推尊之如此，可知其詩之所得力矣，吳澄序震翁詩曰：『簡齋古體自東坡氏，近體自后山氏，而神化之妙，簡齋自簡齋也。』滄浪詩話亦曰：『陳簡齋詩亦江西詩派而小異。』皆其證也。簡齋律詩尤精，古詩尚未盡善，詩法萃編，『簡齋學杜，師意不師辭，古體清逈絕俗，而不及山谷之雄厚，律體則銳出銳入，游刃有餘，而專尚洗鍊。』詩藪：『南宋近體無出陳去非右者。』大氐簡齋詩精苦高潔，清遠紆徐，掃繁縟去典濫，出入杜陳陶韋之間，而亢然獨爲一宗。其古詩、如江南春『雨後江上綠，客悲隨眼新，桃花十里影，搖蕩一江春，朝風逆船波浪惡，暮風送船無處泊，江南雖好不如歸，老薺遶牆人得肥。』其律詩如懷天經智老因訪之：『今年二月凍初融，睡起茗溪綠向東，客子光陰詩卷裏，杏花消息雨聲中，西菴禪伯還多病，北柵儒先只固窮，忽憶輕舟尋二子，綸巾鶴氅試春風。』或謂簡齋詩高於後山，僅次於山谷，如此之類，豈庶幾乎？

三公相較，當以簡齋詩格爲最高，茶山傳授爲最盛，紫薇交遊爲最廣。簡齋之詩以工取勝，茶山之詩以氣取勝，紫薇之詩以意取勝。而三公之貌似老杜者，則紫薇爲最，茶山次之，簡齋又次之。三公之神似老杜者，則簡齋爲最，茶山次之，紫薇又次之也。三公詩較初期，漸欲趨向活動圓轉之途，雖亦有奇峭拗硬之作，而不專以奇峭拗硬見長，故紫薇之倡活法，茶山之言不參死句，簡齋所聞之多讀勿使，皆所以矯正初期之失，然意能及而力不足，雖可稱霸一時，尙未可平揖大家也。三公時代較遲，未得親見山谷，而常與初期諸家遊往，曾陳二公又皆與呂居仁相唱和，豈以此而三公詩體之趨向致相類耶？

三期

此期詩人承二期諸家遺緒，擴大而融化之，變通而神明之，自成其體格，成績超異，幾掩山谷者，常人稱曰南宋四大家，而幾不知其亦原出自江西也。四大家者誰？方回跋尤袤詩：『自中興以來言詩者必稱尤楊范陸。』尤楊范陸卽四大家也。然楊誠齋嘗言范陸尤蕭，皆其所畏，尤梁溪嘗言范楊蕭陸，亶有可觀，楊尤皆評人詩，故不論已，而以蕭氏入之，方回又有詩曰：『尤蕭范陸楊，復振乾淳聲』，則蕭氏固亦當時名家，足與尤楊范陸相頡頏者。今於四家外，增一蕭東夫，以爲此期作家代表，雖曰南宋五大家可也。

【小傳】（一一）楊萬里，字廷秀，吉州吉水人，紹興二十四年進士，張浚嘗勉以正心誠意，遂自名其室曰誠齋，因以爲號。平生通經學，重名節，歷官國學太常祕書監。出知贛州，乞祠，憤韓侂胄專國，成疾而卒，年八十三。（宣和六年一一二四——開禧二年一二〇六）諡文節，有誠齋集百三十三卷，傳世內計江湖集、荆溪集、西歸集、南海集、朝天集、江西道院集、朝天續集、江東集、退休集九種，皆詩也。誠齋嘗學於王庭珪，又學於胡澹菴，王胡二公雖不專以詩鳴，而其人固江西籍，其詩亦江西體，則誠齋初年學詩路徑可知。觀誠齋自序其諸詩集之言，則其平生詩體之變遷，亦以明矣。江湖集序：『予少作有詩千餘篇，至紹興壬午，皆焚之，大槩江西體也。今所存曰江湖集者，蓋學後山半山及唐人者也。』荆溪集序『予之詩始學江西諸君子，既又學後山五字律，既又學半山老人七字絕句，晚乃學絕句於唐人，戊戌作詩，忽若有悟，於是辭謝唐人及王陳江西諸君子，皆不敢學，而後欣如也。口占數首，則瀏瀏焉無復前日之軋軋矣。』南海集序：『予初好爲詩，既而厭之。至紹興壬午，予詩始變，予乃喜；既乃又厭之，至乾道庚寅，予詩又變；至淳熙丁酉，予詩又變，後三年，自庚子至壬寅，有詩四百首，每舉示友人尤延之，延之必以爲有劉夢得之味。』朝天續集序：『昔歲自江西道院召歸册府，而廷勞使客之命，於是始得觀濤江、歷淮楚，盡見東南之奇觀，如渡揚子江二詩，舉示范石湖尤梁溪二公，皆以爲予詩又變，予亦不自知也。』綜之，誠齋詩凡經三大變兩大期，今列表如左：

兩期	三變	楊誠齋生	宣和六年甲辰	西曆一一二四	一歲	時期
模倣期	江西體	從王庭珪學	紹興十年庚申	一一四〇	十七歲	二十二年
		學江西諸君子	紹興三十二年壬午前	一一六二	三十九歲前	
		學後山五律半山七絕	乾道六年庚寅前	一一七〇	四十七歲前	八年
	唐體	學唐絕	淳熙四年丁酉前	一一七七	五十四歲前	七年
創造期	誠齋體	自成誠齋體	淳熙五年戊戌後	一一七八	五十五歲後	二十八年
		楊誠齋卒	開禧二年丙寅	一二〇六	八十三歲	

大氏軌軌焉者，模倣期之作，劉劉焉者，創造期之作；然戊戌悟後之誠齋體，自庚子至壬寅間所作南海集，尤延之以爲有劉夢得之味，亦可覘所謂誠齋體之大略。其後朝天續集時，雖有小變，總未脫誠齋此原格也。計模倣期內學江西者三十年，學唐人者七年，凡三十七年，而創造期僅二十八年，蓋受江西之影響重，受唐人之影響輕，而所謂創造者，亦惟因學江西學唐人之學力而創造耳，故誠

齋詩，終不能脫去江西氣息。江西詩派小序曰：『誠齋眞得所謂活法，所謂流轉圓美如彈丸者，恨紫微不及見耳。』卽以江西派論誠齋也。江西詩話曰：『由後村言考之，則誠齋詩亦江西派可知，故誠齋以曾氏父子續詩派之後，余又欲以誠齋續曾氏父子之後。』亦以誠齋爲江西派也。至其詩格，有短有長，載酒園詩話『誠齋論詩最多妙語，自作則入麄豪一路。』石洲詩話『誠齋以輕猥佻巧之音，作劍拔弩張之態，閱至十首之外，輒令人厭不欲觀，此眞詩家之魔障。』皆詆其短者也。曾燠於誠齋，則稱其圓清曰『圓如珠走盤，清若水鳴瀨，能教老嫗知可向雞林買。』尤袤則稱其痛快曰『近時詩人痛快，有如楊廷秀者乎？』方回則稱其飛動馳擲，南湖集序曰：『誠齋之飛動馳擲，以擅其長，』皆美其長者也。四庫提要曰：『誠齋雖沿江西詩派之末流，不免有麄俚頹唐之處，而才思健拔，包孕富有，自是南宋一作手。』隨園詩話曰：『楊誠齋一代作手，後人嫌其太雕刻，往往輕之，不知其天才清妙，絕類太白，瑕瑜不掩，正是此公眞處。』陳訏宋詩選曰：『楊誠齋矯矯拔俗，魄力又足以勝之，雄傑排奡，有籠挫萬象之概，然未免過於擺脫，不但洗淨鉛華，且麄服亂頭。』皆褒貶兼施者也。總之：誠齋五七古律，無體不備，其志在諧俗，而其特色則在狀物寫情，曲盡妙極，明易流暢，其弊端則在拖泥帶水，至於冗俚也。誠齋常以太白自比，後人亦間有以太白譽之者，實則誠齋最與香山爲近，或名之曰白話詩人，甚宜。

（二）陸游字務觀，山陰人，陸佃之孫，才氣超邁，幼卽能詩，以蔭補登仕郎，鎖廳薦第一，試禮部，爲秦檜所黜，檜死，始赴寧德簿，孝宗初，遷樞密院編修，賜進士出身，范石湖帥蜀，爲參政官，以文字交，不拘禮法，人譏其放，因自號放翁，累遷至寶章閣待制，致仕，封渭南伯，賦性忠鯁，發之於詩，有杜甫每飯不忘君國之風，故或稱之曰愛國詩人，有劍南詩稿八十五卷，渭南文集五十二卷，卒年八十六。（宣和七年一一二五——嘉定三年一二一〇）爲詩初私淑呂本中，繼師事曾吉甫。公序呂居仁詩集：『某自童子時，讀公詩文，願學焉，稍長，未能遠遊，而公捐館舍，晚見曾文淸公，謂某之詩，淵源殆自呂紫薇。』又跋曾文淸詩稿『文淸公一世龍門，顧未嘗輕許可，某獨辱知無與比者，』曾呂二公皆二期之健將，則公詩淵源之正可知也。公有贈應秀才詩：『我得茶山一轉語，文章切忌參死句。』不參死句亦卽活法，此則公所得於其師之詩法矣。江西派本以老杜爲止歸，故公亦稱道老杜不已，而其詩格，亦極似老杜。復堂日記『放翁詩廣大精微，聲備宮商，去杜一間。』老杜外，有岑參，亦公所嗜尙，跋岑嘉州詩集：『予自少時，絕好岑嘉州詩，常以爲太白子美後，一人而已：』蓋岑之氣格與杜侔也。杜與岑影響於公詩者深矣，然公詩氣力豪放雄宏，固未嘗爲諸家所囿，實自有其體格。甌北詩話曰：『放翁詩凡三變宗派，本出於杜，中年以後，則益自出機杼，盡其才而後止。』所謂三變者，卽公平生爲詩之三歷程，初年拘泥法度，模倣前人，中年始事開擴，自創已體，晚年則從心所欲，落盡皮毛。公示子詩曰：『我初學詩日，但欲工藻繢，中年始稍悟，漸欲窺宏大，數仞李杜牆，常恨欠領會，』此公自述初年中年學詩事也。甌北詩話曰：『放翁晚年則又造平淡，幷從前求工見好之意，亦盡消除，此又詩之一變也。』此公晚年爲詩事也。公詩無體不備，而特以律見長，古實次之，此乃時代爲祟，非公力所不能。陳訏宋詩選：『放翁一生精力盡於七律，故全集所載最多最佳，古詩稍有鬆處，然至其精采發處，自斑剝可愛。』宋詩啜醨集：『放翁七律，無一字效嚬四唐，而獨開蹊徑，別有一天。』甌北詩話：『放翁以律詩見長，名章俊句，疊見層出，使事必切，屬對必工，無意不搜而不落纖巧，無語不新而不事塗擇，實古來詩家所未見也。抑知其古體詩才氣豪健，議論開闢，意在筆先，力透紙背，看似華藻，實則雅潔，看似奔放，實則謹嚴。』諸家皆盛稱其七律，而甌北之言爲最詳最審。綜其各體而論之：則誠齋嘗嘉其敷腴，梁溪嘗嘉其俊逸，方虛谷許其富豪悲壯，吳之振許其浩瀚崒嵂，諸家之論，各得其長。朱竹垞書劍南集後：『予嘗嫌務觀太熟』序豫村詩集『陸務觀吾見其太縟』越縵堂詩話：『放翁律句太平切近人，又往往句法相似，與全篇氣多不貫』說詩晬語『劍南古體近麄，今體近滑，』諸家之論，各得其短。要之：淸潤圓新是放翁詩之高者，粗直冗滑是放翁詩之下者，而格力恢宏，瑕瑜不掩，不害爲南宋大宗。直齋書錄解題稱游詩爲中興之冠，唐宋詩醇於宋止取劍南以配東坡者，蓋有由矣！

（三）范成大字致能，吳郡人，自號石湖居士，紹興二十四年進士，官著作佐郎，出使金國，歸歷帥西廣成都四明金陵，拜參知政事，加大學士，卒年六十八（靖康元年一一二六——紹熙四年一一九三）著述甚富，今惟存石湖詩集三十四卷。石湖雖官至極品，而秉性高潔，綽然有隱士風，其田園雜興詩最有名，故或稱之曰田園詩人。其詩學淵源不甚可考，然觀其所作，於律則時有拗格，於古則每用奇字，誠山谷之遺緒，特氣象不似，蓋融通山谷之法而陰用之。四庫提要曰：『石湖追溯蘇黃遺法，而約以婉峭，自爲一家。』追蘇雖未必，溯黃則實然也。公與楊誠齋友善，誠齋序公集曰：『至於詩，大篇決流，短章斂芒，縟而不釀，縮而不窘，清新嫵麗，奄有鮑謝，奔逸雋偉，窮追太白，求其一字之陳陳，一倡之嗚嗚，而不可得也。』雖推許太過，亦自有當，而誠齋又嘗許其清新，梁溪亦嘗稱其温潤，方回序功父集曰：『石湖之典雅標致，』及提要所謂之『約以婉峭，』諸論皆平允得其長矣。至於其短，亦略可述：朱竹垞序豫村詩：『范致能吾見其太弱，』石洲詩話：『范陸皆趨熟，而范尤平迤，究未爲高格。』越縵堂詩話：『石湖律詩杈枒拗澁，五七古亦多率爾，』貞一齋詩說：『石湖較放翁則更滑薄少味；』諸論皆是也。如感懷『望見家山意欲飛，古來燕晉一沾衣，回思客路豈非夢，乍聽鄉音眞是歸，新事略從年少問，故人差覺坐中稀，不須更說桑榆暖，霜後鱸魚也自肥。』此類直可媲美香山，故敖陶孫上石湖詩曰：『直從長慶成編日，便到先生晚歲詩。』

（四）尤袤、字延之，無錫人，紹興十八年進士，官禮部尙書，光宗卽位，言者以爲周必大黨，遂與祠，紹熙初起知婺州，除給事中，卒年六十八，（靖康二年一一二七——紹熙五年一一九四）諡文簡。有遂初堂藏書冠當時，所著遂初堂書目一卷，遂初小稿六十卷，內外制三十卷，梁溪集五十卷，今惟書目尙存，餘皆亡佚。清康熙時，袤裔尤侗裒輯公詩，得梁溪遺稿一卷，僅百分之一耳。袤少嘗從汪應辰遊，應辰少又嘗從呂本中遊，袁之詩學淵源如此。袁詩如『蕭條門巷經過少，老病腰肢拜起難，』是學老杜而用山谷之換骨法者，如『長恨古人少，斯人今古人，』是用山谷之拗字格者，袁之詩法淵源如此。至於其詩品，誠齋序千巖摘稿曰：『尤梁溪之平淡，』方回序南湖集曰：『梁溪之嬌淡細潤，』瀛奎律髓曰：『袁詩多淡，』又曰『尤遂初詩初看似弱，久看卻自圓熟，無一斧一斤痕跡，』紀昀則評之曰『佳處病處皆在此也。』詩本不嫌淡，要在體淡而味醇，然其弊馴至味寡體弱；袁詩嬌淡者固有之，惜間失於味寡體弱也。如落梅詩『清溪西畔小橋東，落月紛紛水映空，五夜客愁花片裏，一年春事角聲中，歌殘玉樹人何在？舞破山香曲未終；卻憶孤山醉歸路，馬蹄香雪襯東風。』

（五）蕭德藻，字東夫，閩三山人，紹興二十一年進士，歷官龍川丞，烏程令，知峽州，至福建帥參使，徙家烏程，自號千巖老人，所著千巖摘稿七卷，外編三卷，續編四卷，皆佚，尤楊范三公與之甚善，師事曾幾，石洲詩話：『千巖學於曾吉父，』故千巖詩亦未能脫出江西風格。誠齋序千巖摘稿『蕭千巖之工緻，余之所畏，』瀛奎律髓：『東夫詩苦硬頓挫而極工；』詩法萃編：『東夫詩戛戛獨造，骨硬味苦，絕無甜熟輭媚語；』尤延之又稱其詩高古，全祖望又稱其詩瘦硬，是皆千巖詩之長也。朱竹垞書劍南集後：『予嘗嫌魯直太生，生者流爲蕭東夫；』說詩晬語：『蕭東夫意孑孑求新，而入於澁體；』是皆千巖詩之短也。千巖之論詩曰：『詩不讀書不可爲，然以書爲詩不可也。』（對床夜語引）上句所以警空浮者，下句所以告逞博者；蓋千巖欲適乎中庸，可謂得體；使不早死，必有大足觀焉。如次韵傳惟肖：『竹根蟋蟀太多事，喚得秋來籬落間；又過暑天如許久，未償詩債若爲顏；肝腸與世苦相反，巖壑嗔人不早還；八月放船飛樣去，蘆花叢外數青山。』

五家雖出自江西體，反同趨明暢平熟之徑，乃時代使然也。自山谷倡拗健，其弊流於粗雜，及呂曾陳三公漸轉向圓活，降至此時，譬如順流直下，無意中而同趨明暢平熟之徑矣。石洲詩話曰：『楊范陸極酣肆處，正是平熟中出耳』是也。明暢平熟，乃唐元和間元白劉夢得之體，故詩藪曰：『尤楊四子元和體也；』東夫詩存者不過數首，如『湘妃危立凍蛟背，海日冷挂珊瑚枝』之類，雖以苦硬爲體，然如『眼冷寒梢明數點，知他是雪是梅花』之類，則亦間作明暢平熟格，與尤楊四子無異；所不同者，尤楊四子以明暢平熟之境爲主，而蕭氏以苦澁瘦硬之境爲主耳。

若將五家詩比較觀之：就其風格言，則范之格調不及楊之健，而無楊之麁豪；楊之鍛鍊不及陸之工，而無陸之死板；陸之氣象闊於范，而范無窠臼；范之新婉超於楊，而楊實明遠；若尤則可與范相依附。方回跋尤袤詩：『公與石湖冠冕佩玉，端莊婉雅，』若蕭則可與楊相攀比。後村詩話：『蕭千巖機杼與誠齋同，但才慳於誠齋，而思加苦，亦一生屯蹇之驗，眞誠齋敵手也。』惜尤蕭二公詩傳世者寡，無由斷定方劉二氏之論是抑非也。就其守江西遺法言：則蕭東夫固持最甚，陸放翁次之，范楊尤又次之。就其所作篇數言；則楊陸爲首，說詩晬語：『楊誠齋詩積至二萬餘，』又『放翁年八十餘，六十年間萬首詩，又添四千餘首，詩篇太多；』范尤次之，蕭又次之。就其品次言，則陸最高，范楊次之，尤蕭又次之。就其詩當時之傳布言：則楊氏爲首，滄浪詩話曾立誠齋體之名，歐陽元序羅舜美集亦曰：『楊廷秀好爲新體詩，學者宗之；』范陸次之，尤蕭又次之。就其詩名於後世言：則陸爲首，楊次之，范又次之，尤更次之，蕭最次之，蓋陸氏弟子頗多，江湖詩人每經其指授，又處處不在諸家下，故當時雖少屈於楊，而後世自有公論，至清人編唐宋詩醇，遂獨取陸氏與李杜白韓蘇五家並尊，而楊氏逈不如矣。

方回序羅壽可詩集曰：『乾淳以來，尤楊范陸蕭其尤也，嘉定而降，稍厭江西，永嘉四靈復爲九僧舊晚唐體，然尙有餘杭二趙復爲上饒二泉典型未泯。』然則二趙二泉皆上繼尤楊五子業者也。二趙卽汝譡汝談兄弟，汝譡字蹈中，號嬾菴，宋宗室，嘉定元年進士，工詩，自中年後不爲近律，專攻選體，或謂其有三謝韋柳之風，而劉後村序瓜圃集又曰『趙蹈中能爲韋體』蓋蹈中得山谷晚年學陶之意，惜其詩今不傳也。汝談字履常，號南塘，蹈中之兄，淳熙十一年進士，古文四六俱工，有杜詩注，已佚，其詩當亦先學杜而後學陶，嘗作詩云：『閩士工雕篆，陶翁暇討論。』詩人玉屑曰：『暇之一字，蓋他人不能到處，惟用工於詩者知之；』謂惟用工於陶詩者知之也，惜其詩亦不傳。宋史有二趙傳，僅述其忠鯁，幷未云其能詩，姑存其姓氏如此。至於二泉，尙有篇什流傳可見，誠足代表江西派之第四期。

【小傳】（一）趙蕃、字昌父，號章泉，先世鄭州人，南渡徙居信州，因家焉，以蔭補官，至承議郎直秘閣，卒年八十七，（紹興十三年一一四三——紹定二年一二二九）有乾道稿、淳熙稿、章泉稿、傳世，初受道學於劉淸江，年五十又問學於朱子，然其詩實出自江西派，知之者頗鮮。詩人玉屑載蕃論詩，以陳後山寄外舅詩爲全篇之似杜者，戴式之用陳韵詩又全篇之似陳者。提要引此云：『觀其持論，可見其詩學淵源；』蓋江西派本以老杜爲祖，而後山乃江西初期人物也。蕃曾受知於楊萬里，萬里乃江西三期人物也。蕃論詩又遵用曾吉父呂本中之意，曰：『若欲波瀾闊，規模須放弘；端由吾氣養，匪自歷階升；勿漫二夫覓，況於治律能，斯言誰語汝？呂昔告於曾。』載酒園詩話曰：『趙昌父論詩，專祖曾呂。』曾呂乃江西二期人物也。而徐照題趙昌父林居曰：『譜接江西派，聲名過浙聞。』則蕃之爲江西派無疑矣。蕃之詩法，不出拗健二字，嘗有詩云：『欲從鄙律恐坐縛，力若不加還病弱，』故其詩剝落華藻，獨存勁古，瀛奎律髓謂『公詩惟有骨全無肉，』實不誣也。五古稍似淵明，劉後村跋昌父詩：『近歲詩人，惟趙章泉五言有陶阮意，』越縵堂詩話『趙昌父五古頗淵源陶詩。』至於近體，瀛奎律髓曰：『昌父詩參透江西，而近後山，』足以盡之。然拗健之弊，流於鄙惡，故越縵堂詩話又曰『昌父詩惟根柢太淺，語多杈枒，時墮江湖擊壤兩派。』如送王子遵：『王郎妙人物，獨步向江東，昔尉既不醉，今丞寧肯聾？相依脣齒國，忽去馬牛風。清絕官曹外，何年看我同！』在昌父以此類爲善，在平心而論之讀者，則以爲枯槁矣。

（二）韓淲、字仲止，號澗泉，韓維之玄孫，韓无咎之子也。其先世開封人，无咎時南渡流寓信州，因隸籍上饒。澗泉才氣甚敏，仕不得志，退隱於家，畢力攻詩，與趙章泉齊名，共主詩盟，時稱章泉澗泉二先生。卒年六十四。（紹興三十一年——嘉定十七年一二二四）詩集四十餘卷，清四庫有輯本澗泉集，其詩淵源家學。父无咎名元吉，號南澗，常與曾幾陸游相唱和；曾陸皆江西派之健者，故无咎詩亦江西體也。而淲著澗泉日記又曰：『渡江南來呂舍人居仁議論文章，字字皆是中原諸老一二百年醞釀相傳者，不可不諷味。』極推重呂本中，本中固亦江西派之健者，可知淲詩法得自江西無疑。其詩刊落浮華，以瘦硬見長，與章泉大同小異。澗泉於瘦淡中自有温粹，章泉則多老幹枯枝，無復餘味；平心論之，澗泉詩似在章泉上也。其五古亦有陶韋之風，近體具體陸游，而力量尙不及爾！如風雨中誦潘邠老詩：『滿城風雨近重陽，獨上吳山看大江，老眼昏花忘遠近，壯心軒豁任行藏；從來野色供吟興，是處秋光合斷腸，今古騷人乃如許，暮潮聲捲入蒼茫。』

二泉上繼尤楊五子而爲當時江西派盟主，劉後村寄趙昌父詩云『一生官職兼南嶽，四海詩盟主玉山，』寄韓仲止詩云：『諸家爭欲推盟主，丞相差教作散人。』考曾幾嘗僑居上饒茶山寺，而二泉皆隸籍上饒，然則二泉詩之爲江西體，斯亦其由歟？二泉詩篇數皆不少，劉後村序韓隱君詩：『趙章泉詩踰萬首，韓仲止幾半之，』蓋江西體自尤楊五子以來，已成以多爲勝之風，二泉雖欲革五子暢達平熟之習，稍反江西峭健初規，而以多爲勝之風，猶未歇也。

餘響

韓趙之時，四靈已興，其後江湖詩風行天下，江西派幾絕，及宋社頽傾之際，乃有二人出而繼江西之斷緒者，卽劉辰翁與方虛谷也。宋亡，二公皆入元甚久始卒，其影響於元詩者，頗不謂尠；雖未足以言復興，然稱曰宋江西詩派之餘響，尙可爾。

【小傳】（一）劉辰翁字會孟，號須溪，廬陵人，幼登陸象山之門，補太學生，景定三年廷試登第，爲濂溪書院山長，宋亡不仕，以忠鯁名，卒年六十六。（紹定五年一二三二——元大德元年一二九七）詩文兼工，所著須溪集二百卷，詩可萬餘首；清四庫有輯本十卷，其詩雖以老杜爲宗，而又好陸游之作，有評點杜詩二十卷，及放翁詩選後集八卷，專究杜陸詩法結構，精極微隱。論詩主文人兼詩說，序趙仲仁詩曰：『吾常謂詩至建安，五七言始生，而長篇反覆終有未達，則政以其不足於文耳，文人兼詩，詩不兼文也。杜雖詩翁，散語可見，惟韓蘇傾竭變化，如雷霆河漢，可驚可快，必無復可憾者，蓋以其文人之詩也。』此乃針砭四靈江湖而與江西相應和者也。其詩亦奇崛新健，而不免流於險怪生苦，缺乏興調，四庫提要：『須溪所作詩文，專以奇怪磊落爲宗，務在艱澁其詞』麓堂詩話：『觀須溪所作，則堆叠餖飣，殊乏興調。』須溪弟子衆多，其詩頗盛行一時，歐陽玄序羅舜美詩集，述江西詩之三大變，而以須溪當其一，曰：『江西詩在宋東都時，宗黃太史；南渡後楊廷秀好爲新體，學者亦宗之，詩亦小變；宋末劉須溪點校諸家甚精，而自作多奇崛，衆翕然宗之，於是詩又一變。』如餘與『江國遲歸二十年，十年兩繫峽江船，身如梅子半晴雨，路入柳花相後先，㡳短㡳長春繫馬，江南江北夜聞鵑，人生老大空無用，寄語羣兒早着鞭。』此類誠山谷之拗格，故詩藪曰『劉會孟甚尊李杜而格僅黃陳。』

（二一）方回、字萬里，號虛谷，又號紫陽居士，歙縣人，景定三年，別省登第，官知嚴州，入元爲建德路總管，致仕，卒年七十六。（寶慶三年一二二七——元大德六年一三〇二）所著桐江集、桐江續集、瀛奎律髓、續古今考諸書，今存。或稱其學博才敏，論述分明，堪爲史才。其文章議說，一以朱子爲宗，至於詩，則尊老杜而主江西，倡一祖三宗之說；晚年又慕陸游，門人戴表元序桐江集曰：『紫陽方使君平生於詩，無所不學，而嘗自說欲慕陸放翁，豈其暮年安貧守約，忘懷出處，姑引之以自託耶？抑放翁爲詩亦親經東萊茶山諸先生指授，遂爲虛心傾思，如不可幾及也！』陸游亦江西派而學老杜之甚似者，虛谷慕之也宜矣。論詩標新硬奇古之旨；又謂詩之精華爲律體，詩之工妙在字眼。四庫提要評其詩曰『平生宗旨，雖不免以粗率生硬爲老境，而當其合作，實在宋末諸家上。』粗率生硬，卽虛谷之病，亦江西之通病也。戴表元又序方使君詩曰：『大篇清新散朗，小篇沈鷙峻整；』清新峻整卽虛谷詩之長，亦江西之通長也。癸辛雜識又曰『方回喜作詩，以放肆爲高；』然則放肆亦虛谷詩之一境界也。如讀張功父詩：『生長勳門富貴中，粃糠將相以詩雄，端能活法參誠叟，更覺豪才類放翁，舉似今人誰肯信，元來妙處不全工，登金組繡同時客，合向南湖立下風。』

二公詩相較，學力博當推須溪，工夫到當推虛谷；虛谷專於律，須溪兼夫古，影響於元詩，須溪爲最重，而虛谷次之；惟其篤守江西初始遺規，趨於奇硬，則一也。

綜觀江西派諸家之宗主，大氐不外杜甫陶潛。高者或由山谷直探少陵，如後山叔用簡齋輩是；或兼模彭澤，如子蒼東湖章泉輩是；次者則專學山谷，而其實亦不外杜陶之格，如方回三洪千巖輩是也。要之：皆不離山谷之法或格。故山谷有模擬法，諸家恆樂道而運用之；如東湖言脫胎換骨，後山言脫胎換骨，（並見艇齋詩話）誠齋亦言脫胎換骨，（見誠齋詩話）老杜云『中原鼓角悲，』後山云『風連鼓角悲，』老杜云『幽棲地僻經過少，老病人扶再拜難，』梁溪云『蕭條門巷經過少，老病腰肢拜起難，』老杜云『時危關百慮，盜賊爾猶存，』呂居仁云『乾坤盛德大，盜賊爾猶存，』老杜云『烽火連三月，家書抵萬金，』曾茶山曰『兩岸侔千里，扁舟抵萬金，』簡齋云『孤臣霜髮三千丈，每歲煙花一萬重，』太白云『白髮三千丈，』老杜云『煙花一萬重，』東湖云『一日因王造，千年與客遊，』老杜云『浩刧因王造，平臺訪古游，』此類不勝枚舉，善於運用者固有之，不善於運用者，往往嫌於剽竊沿襲也。山谷有拗律法，諸家亦無不能之，瀛奎律髓論拗體曰：『自山谷續老杜之脈，凡江西派皆得爲此奇調，呂居仁曾茶山皆得傳授，茶山之嗣有陸放翁，同時尤楊范皆能之；』不特虛谷所舉此數家，即初期諸人至須溪虛谷，皆嘗爲拗格，詩篇具在，可以案考也！山谷又好用事，諸家亦然，古文辭通義曰：『詩好用事自庾信始，其後流爲崑體，又爲江西派，至宋末極矣！』蓋江西不甚喜點綴景物，每以事意相高，所謂擺脫浮華，故不得不用事也。此三種習尙，自山谷降及方劉皆有之，惟好奇與尙硬二者不然。山谷以來，呂曾陳三公始有圓活之論，尤楊五家遂造明暢平熟之徑，韓趙方劉復反歸奇硬，此其小異者也。然五家詩未嘗不新，非欲其陳腐也，奇者新之進，未嘗不健，非欲其無力也，硬者健之進，亦程度深淺之不同耳。山谷詩古律並重，無所軒輊，而自初期以迄方劉，則愈降愈好爲律體，雖不棄古體，然不甚着力爲之；故朱竹垞成周卜詩集序曰：『唐人惟杜陵香山多作七律，然集中所存終不及諸體之半，逮陸務觀楊廷秀多以斯體見長；』至方虛谷乃出律髓之說，與「西崑」「晚唐」「四靈」「江湖」之旨合矣。山谷詩詞意並重，無所軒輊，而自初期以迄方劉，亦愈降而愈工修辭，詩意雖所必立，然亦不甚着力爲之也；故曾吉父陳去非陸務觀輩詩，漸出警句，求其意之渾全不甚可得，載酒園詩話所謂『選南宋詩，務取短中之長，一聯一句亦收之，首尾求全幾無詩矣；』卽兼江西派而言，至於方劉，遂極力講求作法，幷一字之虛實響啞，一句之安排承接，而斟酌之矣。

江西諸家雖各有專長，而共具一病，其病維何？分而言之曰粗獷，曰槎枒，合而言之曰野。詩法萃編：「野者江西派中槎枒粗獷之詩皆是，」雨村詩話：「西江派余素不喜，以其空硬生湊，寒酸氣太重也。」夫空硬焉得不爲粗獷，生湊焉得不爲杈枒，是病諸人皆未能盡免。依山谷意旨，得之者自然爲瘦硬渾老，失之者遂似渾老而實粗獷，似瘦硬而實杈枒，其失之尤甚者，或竟由粗獷而復流之直俗，由杈枒而復流之拗澀。庚溪詩話：『山谷之詩，清新奇峭，然近時學其詩者，必使聲韻拗捩，詞語艱澀，曰江西格也，此何爲哉？』游默齋序張晉彥詩：『近世以來學江西詩，不善其學，往往音節聱牙，意象迫切，且論議太多，失古詩吟咏性情之本意。』惟三期尤楊五子所作，則多由粗獷而流之直俗，而拗澀之病較寡。

考宋詩各派勢力之久長者，莫過「江西，」計自元祐黃陳以迄宋末方劉二百年間，皆爲「江西」派之勢力；雖中經「四靈」「江湖」之侵擾，然「四靈」時，楊陸猶存，韓趙復盛，「江西」之線未絕也；至於「江湖，」乃「四靈」「江西」之產兒，而未幾方劉崛起，「江西」之勢力竟由宋入元，若「西崑」派「四靈」派，若「東坡體」「荆公」體等，無一能踰百年者也。

考各派勢力之盛大者，亦莫過江西，在派中之堪稱名家者，不下數十人，而在中國詩史上之堪稱大家者，亦不下數人，如山谷後山子蒼吉父簡齋務觀致能誠齋皆是。若在其他各派中，求其堪稱名家者本不過數人，若求堪稱大家者，則愈寥寥矣。朱竹垞序裘司直集：『宋自汴梁南渡，學者多以黃魯直爲宗呂居仁集二十五人之作曰江西詩派，楊廷秀於詩尤推尤蕭范陸，豫章居其一焉；繼蕭東夫起者，姜堯章其尤也餘子多見錄於「江湖集」蓋終宋之世，詩集流傳於今，惟江西最盛。』藉此亦可爲江西盛大之證也。

江西派自二期以迄方劉諸人，其立身之學，皆出自理家；如呂本中家世精理，而其本出於楊時，此外曾幾出於胡文定，而陸務觀蕭東夫又出自曾幾，楊誠齋出自蕭楚，尤梁溪出自喻樗，趙蕃韓淲並出自劉清江，而蕃又曾問學於朱子，劉辰翁出自陸象山，而方回亦獨尊朱晦翁，此事於江西詩，雖無顯著關係，然其詩中，亦有理學思想也。

九　四靈派

江西詩自五大家後，其勢遂衰，其法亦趨可厭；於是四靈詩派乃排烟突霧而出，與宋初之晚唐詩派遙相應和；物極必反，理之然也。以其創始者號四靈，故謂之四靈詩派。四靈皆永嘉人，故亦可謂之永嘉詩派。四靈素以唐詩爲號召，實則純遵守晚唐之格，而效者紛紛，一時有八俊之目，餘響及於江湖。

【小傳】（一）徐照，四靈之首也，字道暉，一字靈暉，又自號山民，終於布衣，有芳蘭軒集又名山民集，葉水心爲作墓誌曰：『照有詩數百，斲思尤奇，皆橫絕欻起，冰懸雪跨，使讀者變悼憀慄，肯首吟歎，不能自已；然無異語，皆人所知也，人不能道耳。』嘉定四年（一二一一）卒。

（二）徐璣，四靈之二也，字文淵，一字致中，號靈淵，歷官建安主簿，永州掾，龍溪丞，武當長泰令，有二薇亭集，今存，泉山集已佚，葉水心爲作墓誌曰：『君每爲余評詩及他文字，高者迥出，深者寂入，鬱流瓚中，神洞形外，余輒俯仰終日，不知所言；然則所謂專陋而狹固者，殆未足以譏唐人也，』卒年五十三。（紹興三十二年一一六二——嘉定七年一二一四。）

（三）翁卷四靈之三也，字續古，一字靈舒，登淳祐癸卯（一二四三）鄉薦，終於布衣，有西巖集及葦碧軒集。四庫提要云：『二集蓋互相出入』今西巖集已佚。劉後村贈翁卷詩曰：『非止擅唐風，尤於選體工，有時千載事，只在一聯中，世自輕前輩，天尤活此翁，江湖不相見，纔見又西東。』享年八十餘。紫芝卒時，靈舒纔逾六秩。

（四）趙師秀四靈之四也，字紫芝，號靈秀，又號天樂，太祖八世孫，紹熙元年（一一九〇）進士，爲江東從事，終於高安推官，有清苑齋集，今存，又有天樂堂集，已佚。趙希意題適安藏拙稿後曰：『余季父天樂與天台戴石屏講明句法，而晚年益工，信乎作詩者非窮思甚習不可也。』卒葬於西湖之上，其年月史無載者。然考劉後村集有悼紫芝及哭紫芝二詩，皆在己卯（嘉定十二年一二一九，）奉南嶽祠後所作稿內，更據薛師石寄題紫芝墓曰：『辛未聯詩別，九年成恍惚，大星墜地旋無光，君身入土名不沒，』辛未乃嘉定四年（一二一一，）逾九歲，恰爲嘉定十二年（一二一九，）可知紫芝卒於此歲。

四靈皆出水心門下，木筆雜鈔『水心之門，趙師秀紫芝徐照道暉徐璣致中翁卷靈舒，工爲唐律。』水心嘗刊行其詩，趙希意題適安藏拙稿後『四靈詩，江湖傑作也，水心先生嘗印刻之。』初，四君目擊當時詩弊，始立意學唐人以矯正之；水心徐璣墓誌『初唐詩久廢，君與其友徐照翁卷趙師秀議曰「昔人以浮聲切響單字隻句計巧拙，蓋風騷之至精也；近世乃連篇累牘，汗漫而無禁，豈能名家哉？」四人之語，遂極其工，而唐詩由此復行矣。』繼而以水心爲當代偉人，乃往依傍；水心亦以誼屬同里，頗合已嗜，故曲加提攜，爲之游揚，有『近歲學者稍復於唐而有獲焉』之褒辭，袁桷書湯西樓詩後『永嘉葉正則始取徐翁趙氏爲四靈，而唐風漸復；』世之學詩者亦以水心爲當代偉人，而所取若此，不約而同趨四靈之體。吹劍外錄『蓋自水心喜晚唐體，世遂靡然從之，凡典雅之詩，皆不合時聽。』其後四靈詩體披靡太甚，流弊雜出，水心雖有『參雅頌，軼風騷，何必四靈』之抑語，而勢竟莫遏矣。

四靈詩，紫芝雖名列末位，而實居上品；對牀夜語『四靈倡唐詩者也，就而求其工者，趙紫芝也。』

紫芝不特在四靈中當居首領，宋詩啜醨集曰：『僕於南北兩宋詩，五律則以紫芝爲獨步；』稱許雖過，然其五律在南宋實屬罕匹，要自有其不拔之位置。載酒園詩話曰：『永嘉四靈，趙紫芝爲勝，翁差遜紫芝，二徐最劣，靈暉不及靈淵；則四靈當首趙紫芝，次翁靈舒，又次徐致中，末徐道暉；惟徐文淵詩律之細，徐趙翁三人並不如也。

至於四靈詩派佔有之時間，大氐自紹熙元年（一一九〇）至淳祐三年（一二四三）約五十三年。四靈既歿，江湖派中固亦有作四靈體者，然不僅有四靈體，且有江西體，混自稱派，故不以之計入四靈詩體佔有時間之中。

【宗主】 四靈派之號召曰唐詩，而其宗主實晚唐時最流行之姚賈體；姚姚合也，賈賈島也，姚亦學賈者，而四靈尤陰重姚合。觀趙師秀二妙集內選姚詩凡百二十一首，賈詩凡八十一首，故方萬里云：『姚詩四靈所深嗜者也。』姚合唐元和進士，陝人，嘗游兩浙，官武功主簿，有詩名，人稱武功體，專爲律格詩，意平語詭，多有傖氣，主清切，鐫小景，刻畫太甚，間流纖仄，其體本於賈島，而流行於晚唐；四靈學之，以賈爲祖，以姚爲宗，以晚唐效姚賈者爲親族。木筆雜抄：『師秀道暉致中靈舒工爲唐律，專以賈島姚合劉得仁爲法，其徒尊爲四靈。』瀛奎律髓：『永嘉四靈學晚唐，宗賈島姚合，凡島合同時漸染者，皆陰撏取摘用，驟名於時。』

【習尙】　晚唐與四靈二派宗主同屬姚賈，惟四靈偏於姚，晚唐偏於賈；姚賈之體一也，所異者搜求雕琢之程度姚深於賈，故四靈習尙，雖與晚唐派同，而其程度固較爲深矣。

（一）重近體輕古體，四靈詩集可以爲證，而趙師秀衆妙集所選皆唐人律詩，二妙集所選皆姚賈律詩，亦可以爲證；（二）重五律輕七律，此亦可於四靈詩集及四靈所選唐詩集證之。二妙集已佚，無可稽考；而衆妙集中固五律十之九七律十之一。且當時人士既以工五律稱之，四靈亦極以五律自矜，劉後村野谷集序：『趙紫芝諸人尤尙五律，紫芝之言云：「一篇幸止四十字，更增一字吾末如之何矣！」』徐璣書翁卷集：『五字極難精，』故四靈七律甚寡，有之亦格弱而無高致。（三）重腹聯輕首尾，瀛奎律髓：『四靈詩大氐中四句鍛鍊磨瑩爲工，以題考之，首尾略如題意，而中四句者亦可他入，不必切題；』故四靈警句皆在中四句也。如翁卷冬日登富覽亭詩：『未委海潮水，來往何不閑，輕烟分近郭，積雪蓋遙山，漁舸汀鴻外，僧廊島樹間，晚寒難獨立，吟竟小詩還。』又如徐照貧居詩：『旣與世不合，當令人事疏，引泉魚走石，掃徑葉平蔬，誰念交情淺，難如識面初，榮途多寵辱，未敢怨貧居。』（四）重景聯輕意聯，換言之卽好模寫風景也；四靈前江西派重意輕景，流弊至於枯槁，四靈反之，乃重景輕意，故四靈詩加工之處，全在模寫風景，而述意者輕輕帶過而已。如趙師秀冷泉夜坐詩：『衆境碧沈沈，前峯月正岑，樓鐘淸聽響，池水夜觀深，淸靜非人世，虛空見佛心，卻尋來處宿，風起古松林。』又如徐璣秋夕懷趙師秀詩：『冷落生愁思，衰懷得句稀，如何秋夜雨，不念故人歸，蛩響砌尤靜，雲踈月尙微，惟憐籬下菊，漸漸可相依。』（五）重鍊句與字而不重鍊意，瀛奎律髓所云『四靈詩中四句亦可他入，不必切題』卽因鍊句與字，而傷全意，使之然也。考其鍊句之法，不過鍊字與對偶，而尤重在鍊字；鍊字之法，不過響與切，而尤重在響；四靈詩法之偏僻，於此可見。（六）忌用事而貴白描，四靈體惟恃眼前景心頭事，以絕大工力雕鏤之，務使作者胸臆所涵蘊，畢貌盡形，暴諸言外，俾讀者胸臆所領會，與之無異，故全用白描之筆，絕無使事之句；蓋一使事，則讀者作者間隔矣。然所謂白描而以絕大工力雕鏤之，亦卽苦吟之意，換言之：亦忌用事而貴苦吟也。四靈好苦吟，於其詩句之構成旣可爲證，而其詩所嘗言者亦可以爲證。如翁卷送徐靈囦曰：『從來苦吟思，歸賦若多篇，』呈趙端行曰『病多憐骨瘦，吟苦笑身窮，』贈孫季蕃曰『醉酣花落月，吟苦竹搖風，』宿寺曰：『獨憐吟思苦，妨卻夢西東，』徐照訪觀公曰『昨來曾寄茗，應念苦吟心，』山中曰『吟有好懷忘瘦苦，』趙紫芝後哀徐山民曰『寄言苦吟者，勿棄攝生訣，』十日曰：『苦吟無愛者，寫在戶庭間，』皆是。凡此所述，乃四靈詩法之習尚也。

至於四靈詩格之習尚，亦與其他各派不同。一曰清，如趙紫芝簡翁靈舒曰：『必有新成句，溪流合讓清，』徐照酬翁常之曰：『好把清詩慰此心，』宿翁卷書齋曰『君愛苦吟吾喜聽，世人誰肯重清才，』徐璣贈徐照詩曰『詩清都爲飲茶多，』可見四靈之好清。二曰圓，如趙紫芝辭薛景石曰：『家務貧多缺，詩篇老漸圓，』徐照贈從善上人曰：『詩因圓解堪呈佛，』又徐璣贈趙師秀曰：『亦知曾見高人了，近作文章氣力勻，』氣力勻卽圓也，又可見四靈之好圓。三曰秀，如徐照寄翁靈舒曰：『筠州當半道，長得秀詩篇，』和靈舒曰：『秀句出窮餓，從人笑我清。』四曰遠，如徐璣送徐照曰：『欲知詩思遠，曾共楚鄉遊，』五曰和，如趙師秀送徐璣曰．『莫因饒楚思，詞體失和平。』六曰精，徐璣書翁卷集後曰：『五字極難精，知君合有名；』故四靈詩篇數俱不逾數百，許棐所謂以貪多務速爲戒也。

【批評】 歷來論四靈者，褒貶不一。褒之者，如趙東閣序薛師石集曰：『永嘉四靈，乃始以開元元和自期，冶擇淬鍊，字字玉響，雜之姚賈中，不能辨也！』以爲極肖於姚賈。貶之者，如劉後村瓜圃集序曰：『永嘉詩人，極力馳驟，纔望見賈島姚合之藩而已，去韋柳尚爭等級！』以爲尚未及姚賈。平心論之：四靈詩固極肖姚賈，惟力量不足，故不及姚賈耳。

宋曹豳跋薛瓜廬集：『予讀四靈詩，愛其清而不枯，淡而有味；』戴表元序洪潛甫詩：『永嘉葉正則倡四靈之目，一變而爲清圓，清圓之至者，亦可唐也。』宋詩啜醨集：『四靈之作，大都烹鍊工苦，警秀絕倫。』三家皆褒其詩者。宋濂序林伯恭詩集：『永嘉四靈詩識趣凡近，而音調卑促，或以爲清新，競摹效之，濂每謂誤江南學子者，此詩也，』石洲詩話：『四靈之下，皆模擬姚合賈島之流，皆纖薄可厭！』四庫提要：『四靈之詩，雖鏤心鉥腎，刻意雕琢，而徑太狹，終不免破碎尖酸之病！』三家皆貶其詩者。

要之：四靈與晚唐無異，其長曰工，其短曰狹，工之中又不外兩種，一自然清妥，是其意境寬綽者，一奇詭刻苦，是其功夫精彩者；而狹之中亦不外兩種，一意狹，是尖薄碎近者，一篇狹，則窘促寡少者也。

一〇 江湖派

江湖乃隱士布衣棲遊之地，江湖詩人非隱士布衣即不得志之末宦，登顯祿者極少，其詩體本不盡同，惟以家國不寧，進退無據，乃結友招羣，遊謁江湖，推盟首，主宗主，唱和酬咏，消磨歲月，無形中成爲一種風氣，當時有陳起與江湖諸人相友善，於是刊售江湖詩集續集後集等書，後人以江湖集內詩氣味皆相似，故稱之曰江湖詩派。

【小傳】 陳起字宗之，錢塘人，業書肆於睦親坊，號陳道人，能詩，有芸居稿，所刻江湖諸集，散佚頗多，且以隨得隨刻而淩雜複亂，經清四庫館人之整理，爲江湖小集九十五卷，後集二十四卷，乃有可觀。

計洪邁（江西）樂平人。　吳淵（安徽）宣城人。
危稹（江西）臨川人。　李濤（江西）臨川人。

鄒登龍（江西）臨江人。
章采（江西）臨江人。
蕭元之（江西）臨江人。
劉仙綸（江西）廬陵人。
羅椅（江西）廬陵人。
利登（江西）盱江人。
黃文雷（江西）盱江人。
吳汝弌（江西）盱江人。
趙崇鉘（江西）南豐人。
劉過（江西）泰和人。
趙汝鐩（江西）袁州人。
黃敏求（江西）修水人。

鄧林（江西）臨江人。
章粲（江西）臨江人。
鄧允瑞（江西）臨江人。
紹嵩（江西）廬陵人。
高吉（江西）廬陵人。
余觀復（江西）盱江人。
李自中（江西）盱江人。
黃大受（江西）南豐人。
趙崇嶓（江西）南豐人。
劉子澄（江西）泰和人。
蕭澥（江西）贛江人。
姜夔（江西）鄱陽人。

董　杞（江西）鄱陽人。
王同祖（浙江）金華人。
薛　嵎（浙江）永嘉人。
盛　烈（浙江）永嘉人。
陳允平（浙江）四明人。
張良臣（浙江）四明人。
俞　桂（浙江）錢塘人。
史衛卿（浙江）鄞人。
葛天民（浙江）山陰人。
宋伯仁（浙江）苕川人。
吳仲孚（浙江）霅川人。
高　翥（浙江）餘姚人。

杜　旃（浙江）金華人。
薛景石（浙江）永嘉人。
劉　植（浙江）永嘉人。
高似孫（浙江）四明人。
何應龍（浙江）錢塘人。
陳　起（浙江）錢塘人。
鄭清之（浙江）鄞人。
姚　鏞（浙江）剡溪人。
戴復古（浙江）天台人。
毛　珝（浙江）三衢人。
施　樞（浙江）吳興人。

林　昉（浙江）台州人。　沈　說（浙江）龍泉人。

許　棐（浙江）海鹽人。　姚　寬（浙江）嵊人。

鞏　豐（浙江）婺州人。　王　諶（浙江）陽羡人。

王志道（浙江）陽羡人。〔陽羡即義興今名宜興宋時屬兩浙。〕

張紹文（浙江）南徐人。

張　榘（浙江）南徐人。〔南徐即今之丹徒宋時屬兩浙。〕

葛起耕（浙江）丹陽人。　葛起文（浙江）丹陽人。〔宋時屬兩浙。〕

儲　泳（浙江）雲間人。〔即今之松江宋時屬兩浙。〕

葉　茵（浙江）笠澤人。〔宋時屬兩浙。〕

王　琮（浙江）古栝人。　徐從善（浙江）古栝人。

徐集孫（福建）建安人。　葉紹翁（福建）建安人。

朱復之（福建）建安人。　張至龍（福建）建安人。

林希逸（福建）福清人。
陳鑒之（福建）三山人。
林尚仁（福建）長樂人。
陳必復（福建）閩人。
嚴粲（福建）邵武人。
趙庚夫（福建）興化人。
周端臣（江蘇）建業人。
朱南杰（江蘇）古徐人。
張弋（河南）河陽人。
趙汝績（河南）浚儀人。
胡仲弓（山西）清源人。
劉翰（湖南）長沙人。

林同（福建）福清人。
曾由基（福建）三山人。
敖陶孫（福建）長樂人。
圓悟（福建）閩人。
劉翼（福建）福唐人。
程垣（福建）龍巖人。
張蘊（江蘇）揚州人。
武衍（河南）汴人。
趙希櫹（河南）汴人。
胡仲參（山西）清源人。
盛世宗（山西）清源人。
樂雷發（湖南）春陵人。

李　龏（山東）菏澤人。　周文璞（山東）陽穀人。

林逢吉（山東）東魯人。　周　弼（山東）汶陽人。

程炎子（安徽）宣城人。　羅與之　螺川北厓人。

斯　植（南嶽寺僧。）　永　頤（唐栖寺僧）杭人。

万俟紹之　未詳。　陳宗遠　未詳。

戴　埴　未詳。　李時可　未詳。

趙汝回（浙江）永嘉人。　張　煒　未詳。

朱繼芳（福建）建安人。

凡百〇九人，瀛奎律髓曰：『劉潛夫南嶽稿亦與焉。』今不在內，蓋已亡佚。然此百〇九人，如洪邁吳淵，爵位既皆通顯，詩體又復不類，洪之野處類稿，其詩與朱韋齋集無異，吳之退菴遺稿，本與其兄潛集合刻，名衮繡堂集，爲宋刻所無，並屬書賈僞作編增，非陳道人原書所有，實不當列入江湖詩派；諸家詩亦非箇箇精粹，其最足述著，惟姜夔戴石屏劉過高翥與劉潛夫五人。

（一）姜夔字堯章，號白石道人，鄱陽人，精詩詞，曉音律，終身布衣，有白石詩集二卷，詩說一卷，白石道人歌曲四卷，集外詩一卷，歌曲別集一卷，行世。初從蕭千巖學詩，蕭固江西派也，頗喜白石，以其子妻之，故白石詩集自序曰：『三薰三沐學黃太史，』其後愰悟，乃以精思獨造爲宗，自序曰：『居數年，始大悟學卽病，顧不若無所學之爲得，雖黃詩亦偃然高閣矣，』嘗與范石湖楊萬里尤延之相酬詠，諸家皆甚稱許之。其詩情韵頗高，尤長於七絕；藏一話腴曰：『姜堯章奇聲逸響，多天然，自成一家，不隨近體。』香石詩話曰：『宋人七絕，每少風韵，惟姜白石能以韵勝。』越縵堂詩話曰：『南渡中葉後，姜堯章最淸峭絕俗。』鄉詩摭譚曰：『白石詩用黃之神韵意致，而變化其面貌，人自不覺耳。』諸家之論，俱得其實。如雪後夜過垂虹詩：『笠澤茫茫雁影微，玉峯重疊護雲衣，長橋寂寞春寒夜，只有詩人一舸歸。』享年約六十餘歲，大氏生於紹興二十五年（一一五五，）卒於嘉定元年（一二〇八）之際，爲江湖詩人前輩之一。

（二）戴石屏名復古，字式之，天台黃巖人，居南塘石屏山，自號石屏，幼孤，父戴敏才，精詩，窮死，石屏承遺稿，奉遺志，從林景思徐淵子趙師秀講明句法，又從陸游學。其詩警秀俊爽，間傷率直，方回跋石屏詩：『清健輕快，自成一家；』居易錄：『復古以詩名而多率直，然氣骨終勝；』四庫提要：『復古詩筆俊爽，極爲作者所推，要其精思研刻，實能獨闢町畦，』皆是也。游謁江湖凡[illegible]十年，有石屏集六卷自云：『詩不可計遲速，每一得句，或經年始成篇；』鍛鍊精苦，可以概見。如纜舟登滕王閣：『散步登城郭，維舟古樹傍，澄江浮野色，虛閣貯秋光，卻酒淋衣濕，搓橙滿袖香，西風吹白髮，猶逐少年狂，』頗有清趣。與林逢吉劉克莊高九萬輩相友善。生於乾道三年（一一六七）壽至八十餘，大約卒於淳祐八年（一二四八）爲江湖前輩之一。

（三）劉過，字改之，廬陵人，號龍洲道人，有龍洲集十四卷，賦性崛彊，與周必大辛棄疾陸游姜夔楊誠齋輩常相投贈，光宗寧宗時（一一九〇——一二二四）游謁江湖間，其詩豪俠亢厲，類其爲人，又能詞，宗辛陸而詩體亦近務觀，一生不得志，竟以窮老死；江西詩話稱其『思致贍逸，』四庫提要稱其詩『多麤豪抗厲，不甚協於雅音，特以跌宕縱橫，才氣坌溢，要非齷齪者所及，』皆是也。如夜思中原詩：『中原邈邈路何長，文物衣冠天一方，獨有孤臣揮血淚，更無奇傑叫天閽關□月夜冰霜重，宮殿春風草木荒，猶耿孤忠思報主，插天劍氣夜光芒。』江山故國之思，北進恢復之志，溢諸字句，亦可哀矣！與姜戴同時，亦江湖前輩之一。

（四）高翥字九萬，號菊磵，餘姚人，孝宗時（一一六三——一一八九）遊士，所著菊磵集久佚，淸人鈎稽之，得信天巢遺稿一卷，後村詩話稱『菊磵詩能參誠齋活法。』其論詩標的頗高，報友人書曰：『古以漢魏爲至，律必開元以前，材有不逮，可勉而至，志之所畫，終然而已，匠心雖工，學步滋醜，時崇杜賢，句細字繹，神理索然；竊欲法其弘深，滌彼拙率，推之漢魏，莫不皆然。天寶以還，五代而上，但堪代燭云爾。』觀菊磵之意，豈非革正江西，卑棄四靈，而醜學他人之步者乎？惜其造詣尙未能脫出江湖習氣，而獨立一幟，如送方巖先生以諫去國：『忠言歷歷未曾行，盡載圖書出帝城，餘子但知才可忌，先生當以去爲榮！門闌竹石關心久，部曲溪山照眼明，長嘯歸歟莫惆悵，浙江風定自潮平。』亢率之氣未除，可與劉過相伯仲而已，未有以過人也。與戴式之劉克莊嘗互投贈，年代大氐在戴劉之間，爲江湖派之健將。

（五）劉克莊字潛夫，號後村，莆田人，以蔭入仕，至煥章閣學士，致仕，卒謚文定，能詩，幼年見知於葉水心，水心題南嶽詩稿曰：『四靈時，劉潛夫年甚少，刻琢精麗，語特驚俗，不甘爲雁行比也。今四靈喪其三矣，而潛夫思愈新，句愈工，歷涉老練，布置闊遠，建大旗鼓非子孰當！』繼而師事眞德秀，於是精四六之文。其詩辭質意淺，體近誠齋，又好用當時事，陔餘叢攷池北偶談瀛奎律髓並論之以爲病癥；而當時言詩者宗焉，言文者宗焉，言四六者宗焉。著有全集百九十六卷，宋詩鈔曰：『論者謂江西苦於麗而冗，莆陽得其法，而能瘦能淡，能不拘對，又能變化而活動，蓋雖彙衆作，而自爲一宗者也；』頗得其實矣。如送眞西山再鎭溫陵『父老香花夾路催，朱幡那忍更徘徊，弓張至此尤宜弛，珠去安知不復回，海上有艘堪致粟，洛中無篚勝生財，泉人畢竟修何福，消得西山兩度來。』享年八十三。（淳熙十四年一一八七——咸淳五年一二六九）卒後八年，宋亡。

五人中，潛夫名最高，位最顯，而姜戴劉過皆江湖前輩，高菊磵位又不及潛夫，潛夫乃江湖派領袖也。潛夫送謝昨序：『余少嗜章句，格調卑下，故不能高，既老遂廢而不爲，然江湖社友猶以疇昔虛名相推讓，雖屏居田里，載贄而來者，常堆案盈几，不能遍閱。』故江湖詩派，除姜戴龍洲菊磵四公外，雖以潛夫一人代表之可也。

【宗主】 克莊初學詩，正當四靈盛行之際，且克莊又與趙靈秀翁靈舒相友善，乃不自意墜入四靈境界；瓜圃集序曰：『永嘉詩人極力馳騁，纔望見賈島姚合之藩而已；余詩亦然，十年前始厭之，欲息唐律，專攻古體，趙南塘不謂然，余感其言而止。』則克莊初年致力四靈，似終身未能脫出，然晚年學力增益，見解彌高，遂浸潤於三唐兩宋諸大家。刻楮集序曰：『初余由放翁入，後喜誠齋，又兼取東都南渡江西諸老，上及於唐人大小家數，手鈔口誦。』瀛奎律髓亦曰：『劉潛夫初亦學四靈，後乃稍變，務爲放翁體，用近人事，組織太巧，亦傷太冗。』放翁誠齋皆出自江西派，潛夫又自言兼取東都南渡江西諸老，則潛夫初年宗四靈，晚年宗江西，是四靈與江西合併之產兒矣。

江湖領袖之宗主如此，則江湖詩派之宗主可知也。考派中隸籍江西者二十七人，浙江者三十九人，福建者十七人，其他各處者又十七人，未詳者六人，凡江西者多半出自江西派，浙江者多半出自四靈派，如薛嵎薛師石等皆四靈之友也，姜夔劉改之等皆江西之裔也，福建與其他各處者，亦非四靈即江西，如林希逸敖陶孫樂雷發等，皆出自江西，武衍張弋林尙仁等，皆出自四靈，故江湖派亦是四靈與江西合併之產兒矣。四庫提要曰：『宋之末年，江西一派與四靈一派合併爲江湖派，猥雜細碎，如出一轍，詩以大敝也。』

惟出自江西之江湖詩家，莫不受四靈之沾染，或與四靈爲友，或與四靈之友爲友，而常相酬和投贈者；故四庫提要又曰：『江湖末派以趙紫芝爲矩矱，以高翥等爲羽翼，以陳起爲聲氣之連絡，以劉克莊爲領袖，終南宋之世，不出此派。』克莊跋滿傳衞詩亦曰：『今江湖詩人競爲四靈體。』

【習尙】　江湖派之習尙，與四靈無異，雖有演化，亦莫能離其宗也；此外則可以劉克莊之言當之。克莊跋眞仁夫詩曰：『古詩遠矣，漢魏以來，音調體制屢變，作者雖不必同，然其佳者必同，繁濃不如簡淡，直肆不如微婉，重而濁不如輕而淸，實而晦不如虛而明，不易之論也。』克莊旣以此爲必然之理，故克莊作詩之遵此律也；克莊之遵此律，故江湖詩人之皆遵此律也。若是，則江湖詩派之所好，爲簡淡，爲微婉，爲輕淸，爲虛明，所惡爲繁濃，爲直肆，爲重濁，爲實晦。夫實晦重濁直肆繁濃乃江西末流之弊；江湖詩派旣承四靈而爲江西詩派反動，自然轉爲虛明輕淸微婉簡淡，勢之所趨，雖出自江西之姜白石戴石屛劉改之輩，亦不得不棄繁濃直肆重濁實晦，而爲簡淡微婉輕淸虛明之體也。

【批評】　總觀江湖諸家，大氐近體之作多而高，古體之作寡而劣，窘於篇幅，淺於情意，其高者風辭警雋，音調瀏亮，其下者骨趣猥俚，氣象孱弱，甚至於有蔬筍氣，有衰颯氣，爲山林枯槁之調，爲纖瑣麤獷之習，千人一篇，千篇一律，詩道至此，可謂一劫！袁桷書湯西樓詩後：『徐翁趙氏爲四靈，而唐風漸復；至於末造，號爲詩人者，極淒切於風雲花鳥之摹寫，力孱氣消，規規晚唐之音調。』對床夜語：『四靈倡唐詩者也，學者闖其堂奧，闢而廣之，猶懼其失，乃尖纖淺易，相扇成風，萬喙一聲，牢不可破曰此四靈體也，日就衰壞，不復振，吁，宗之者反所以累之也。』四庫提要：『武功體至南宋四靈始奉以爲宗，其末流寫景於瑣屑，寄情於偏僻，遂爲論者所排；然由摹倣者滯於一家，趨而愈下，要不必追咎作始遽懲羹而吹齏也。』袁氏所謂末造，范氏所謂學者，提要所謂末流，皆謂江湖詩派也。

【惡習】　江湖詩派另有一惡習，不係於詩，而係於詩人，即干謁公卿之風是也；雖非江湖詩人盡然，而染之者固比比皆是。此風唐已有之，然止請求品鑒借以獲名位而已；若江湖詩人，則毀謗要挾乞金求玉矣。方回生當其世，耳聞目覩，所知最詳；瀛奎律髓：『江湖遊士，多以星命相卜，挾中朝尺書，奔走閫臺郡縣餬口耳；慶元（寧宗年號西曆一一九五）嘉定（亦寧宗年號西曆一二〇八）以來，乃有詩人爲謁客，龍洲劉過改之之徒，不一其人，石屏亦其一也。相率成風，至不務舉子業，干求一二要路之書爲介，謂之闊匾，副以詩篇，動獲數千緡以至萬緡，如壺山宋謙父自遜，一謁賈似道，獲楮幣二十萬緡，以造華居是也。錢塘湖山，此輩什佰為羣。阮梅峯秀實林可山洪孫花翁季蕃高菊磵九萬往往雌黃士大夫口吻可畏至於望門倒屣。』夫以詩人而覔為要挾貴人之資，詩道烏得不衰靡乎？錢牧齋序王德操詩集：『詩道之衰靡，莫甚於宋南渡以後；而其所謂江湖詩者，尤為塵俗可厭！蓋自慶元嘉定之間，劉改之戴石屏之徒，以詩人啓干謁之風，所謂處士者，其風流習尙如此！彼其塵容俗狀，塡塞於腸胃，而發作於語言文字之間，欲其為淸新高雅之詩，如鶴鳴而鸞嘯也其可幾乎？』蓋詩道於是乃不得不衰靡矣。夫以詩章而覔能要挾貴人之資，詩人烏得不愈衆乎？劉克莊跋何謙詩：『自四靈以後，天下皆詩人也！』蓋詩人於是而愈衆矣。

至江湖詩派流行年代，可自姜白石算起，至宋亡為止，約八十年；宋亡而此輩亦亡。

一一　理學派

宋代學術，於文化史中最占要位者，非文詞，亦非詩賦，而惟道學。道學亦名理學，起自周濂溪邵康節，盛於程明道程伊川，集大成於朱晦翁。晦翁以降，理學瀰漫天下，舉凡文學政治，無不有理學思想爲其背影，而成理學之政治，理學之文學。夫詩乃文學之一偏，故宋理學家亦獨有其理學詩體，雖非詩學正統，然自具其習尙，未可便盡芟而不述也。若追溯理學詩體之起始，固亦當推周邵二程諸公焉。

（一）邵雍字堯夫，河南人，屢舉不仕，嘗師事北海李之才，受河圖先天象數之學，頗多心得，爲理學別派之始祖；享年六十七，（祥符四年一〇一一——熙寧十年一〇七七）賜謚康節，著有觀物篇漁樵問答先天圖皇極經世等理學書，伊川擊壤集則其詩也。四庫提要曰：『班固詠史，始兆論宗，方朔戒子，始涉理路，沿及北宋，鄙唐人之不知道，於是以論理爲本，以修辭爲末，而詩格於是乎大變，此集其尤著者也。』所論頗爲允當。至謂邵子之詩，原於香山，雖說本焦竑，恐未必然；如有客吟：『伊嵩有客欲無言，進退由來俱似天，好樂未能忘水石，樂閑非爲學神仙。休嗟紫陌難爲客，且喜清風不用錢！枉尺直尋何必較？此心都不大求全。』

（二）周敦頤字茂叔，道州營道人，官至知南康郡，因家於廬山蓮花峯下，以營道故居濂溪名之。嘗受學於陳摶，著有太極圖通書文集等行世。二程子師事之，爲正統理學之始祖。閑居樂道，間以吟咏自遣，卒年五十七。（天禧元年一〇一七——熙寧六年一〇七三）如同石守遊：『朝市誰知市外遊，杉松聲裏入吟幽，爭名逐利千繩縛，度水登山萬事休；野鳥不驚如得伴，白雲無語似相留，傍人莫笑凭欄久，爲戀休居作退謀。』

（三）張載字子厚，世居大梁，徙鳳翔橫渠鎭，嘉祐中進士，官至知太常禮院，少喜談兵，范文正授以中庸，始翻然志道，與二程子相友善，爲理學一大家。享年五十八，（天禧四年一〇二〇——熙寧十年一〇七七）著有正蒙經學理窟易說語錄東銘西銘等書。間事吟咏，亦頗可觀。如燕歌行：『小雅廢兮，東山不作；哀我人斯，皇心不樂；烝哉斯人，胡然而天兮，王師於鑠。』是模詩經句法者也。

（四）程顥字伯淳，河南人，幼與弟頤學於濂溪，獨得顏孔要旨，官至監汝州酒稅，享年五十四，（明道元年一〇三二——元豐八年一〇八五）謚明道先生。爲人温實和粹，平生無忿厲容，有文集語錄傳世，所作詩歌，亦極雅正。如晚春『人生百年永，光景我逾半，中間幾悲歡，況復多聚散！青陽變晚春，弱條成老幹，不爲時節驚，把酒欲誰勸』。

（五）程頤字正叔，號伊川，明道之弟，性嚴正，哲宗時官崇正殿說書，其學甚盛，直繼濂溪之傳，下開晦翁之緒；徽宗時，佞者目爲邪說，逐其徒衆，遂隸黨籍，卒年七十五，（明道二年一〇三三——大觀元年一一〇七）有易傳語錄行世，反對作詩甚烈，然亦間事吟咏。如謝佺期寄丹：『至誠通聖藥通神，遠寄衰翁濟病身；我亦有丹君信否？用時還解壽斯民。』

（六）朱熹字元晦，號晦菴，又號晦翁，其先婺源人，生於尤溪，晚遷建陽之考亭，紹興中進士，官至煥章閣待制，學於李延平；延平之學出自羅豫章，豫章出自楊龜山，龜山乃伊川之高足，故考亭之學，實淵源程氏；主格物致知居敬窮理，屢被劾爲僞學，猶講習不輟，卒年七十一，（建炎四年一一三〇——慶元六年一二〇〇）賜謚曰文。著述甚多：如四書集注近思錄易本義詩集傳文集語錄等，所作詩歌極佳，才力之大，足與名家媲美，自漢魏體六朝體唐體以及理學體，無不能之，而尤精古詩。張伯行濂洛風雅曰：『朱子詩冲融高朗，幾於陶杜。』詩藪曰：『大氐南宋古體，當推朱元晦。』懷麓堂詩話曰：『晦翁深於古詩，其效漢魏，至字字句句平側高下，亦相依倣，命意托興，則得之三百篇者爲多。』雪橋詩話曰：『謝枚如云：「朱子五言醇穆有古意。」』皆盛稱其古體也。如讀道書作：『四山起秋雲，白日照長道；西風何蕭蕭，極目但煙草；不學飛仙術，日日成醜老；空瞻王子喬，吹笙碧天杪。』至其理學體，亦能修謹雅正，不雜俚贅之言，典厚恢宏，刊落詼諧之調。如齋居感興：『元亨播羣品，利貞固靈根，非誠諒無有，五性實斯存；世人逞私見，鑿智道彌昏，豈若林君子，幽探萬化原。』

（七）陸九淵字子靜，號存齋，撫州金谿人，乾道八年進士，官至知荊門軍，學由自悟，以尊德性爲主，與朱子論不合，自成一派，結茅象山，學徒頗衆，卒年五十四（紹興九年一一三九——紹熙三年一一九二）賜謚文安，所著文集內有詩二十三首。錄其和鵞湖教授韵：『墟墓興哀宗廟欽，斯人千古不磨心，涓流積至滄溟水，拳石崇成太華岑，易簡工夫終久大，支離事業竟浮沈，欲知自下升高處，眞僞先須辨只今。』嘗論江西詩派，頗有允當語，不似他家之一味厭斥；豈以公亦江西人故耶？

（八）呂祖謙字伯恭，號東萊，金華人，舉隆興進士，復中博學宏詞，官至國史院編修，與朱子張栻稱東南三賢，其學亦本周程，而特精史獻，兼理文章，朱子嘗病其雜，卒年四十五（紹興七年一一三七——淳熙八年一一八一）謚成，著有宋文鑑東萊集詩律武庫東萊博議等，有詩一卷，頗雅馴，如和御製秋月幸祕省：『麟閣龍旗日月章，中興再見赭袍光，仰觀焜燿人文盛，始識扶持德意長，功利從今卑管晏，浮華自昔陋盧王，愿將實學酧天造，敢效明河織女襄。』

（九）眞德秀字景元，號西山，浦城人，慶元進士，官翰林至參知政事，其學宗朱子，文精四六；韓侂胄嘗設僞學之禁，而西山扶持其間，正學賴以不泯；卒年五十八（淳熙五年一一七八——端平二年一二三五）謚文忠。著有文章正宗大學衍義西山文集等。如長沙會十二宰：『從來守令與斯民，都是同胞一樣親；豈有脂膏供爾祿，不思痛癢切吾身；此邦只似唐時古，我輩當如漢吏循；今夕湘春一巵酒，直煩散作十分春。』

（一〇）金履祥字吉父，婺州蘭谿人，年十八，補太學生，有能文名，繼而自悔，折節讀書，篤志濂洛，受學於王柏；柏乃何基弟子，基又黃幹弟子，幹則朱子之弟子也，故吉父之學實源於朱子；中年後，講學仁山下，元之文家許謙柳貫輩，皆嘗執弟子禮；卒年七十三（紹定五年一二三二——元大德七年一三〇三）著有通鑑前編濂洛風雅仁山集等。其詩頗安和，如代簡汪名卿：『閑道君居向紫岩，爲渠征役未遑安；從來古語貧爲累，豈謂今時富亦難？六十里間無一字，幾多心事付三嘆！秋來好看新鞭策，要把規模遠大看。』

以上所舉十家，而理學詩體之源流，盡矣。邵康節始爲純理學之擊壤體，周張二程北宋時諸理家似之，朱晦翁始兼取詩學正法，呂陸眞金南宋時諸理家似之。雪橋詩話曰：『吳雲稱朱子不墮理障爲正宗，若邵子擊壤體，流弊至太極圈，變爲惡道矣。』故論其品格，則近晦翁者爲高，論其勢力，亦近擊壤者爲小。大氏朱子前理學詩體僅限於理家爲之，朱子後理家遍天下，咸以理家規準，選爲詩文總集，如宋文鑑文章正宗濂洛風雅等，相繼以出，於是詩人而從理家說者愈衆，理學詩體之勢力遂不可侮。四庫提要曰：『自眞德秀文章正宗出，始別爲談理之詩；自金履祥濂洛風雅出，而道學之詩，詩人之詩，千秋楚越。』

然則理學詩體之長短如何？曰：其長在不作無病呻吟，而去拘滯之習；其失則在無格調，寡性靈，刊落詩之情趣，而移殖以理道。故理學勢力在宋雖無可當之者，而理學詩體則不過詩之別派，終未能超越正統詩體也。

至其何以如此長，何以如此短？觀理家於詩之持論可以知矣。彼詆詩人之詩，曰無用、曰末事、曰害道、曰汙行、曰溺情、曰喪志，然則理家之詩必非無用、非末事、非害道、非汙行、非溺情、非喪志者也。故特建立理學所謂詩之規準：一曰去聲律，卽隨口發音之意；文章正宗詩賦門序：「以文公之言爲準，律詩雖工，亦不得與。」伊川擊壤集序：「所作不限聲律。」二曰屏情好，卽應言理道之意；後村詩話：「文章正宗初萌芽，西山以詩歌一門屬余編類，且約以世教民彝爲主，如仙釋閨情宮怨之類皆勿取。」三曰因言成詩，卽不加雕琢之意；伊川擊壤集序：「其或經道之餘，因靜照物，因時起志，因物寓言，因志發咏，因言成詩，因咏成聲，因詩成音。」四曰有補於世，卽正養人心之意；文章正宗序：「今之所輯，以明禮義、切時用爲主，其體本乎古，其指近乎經，然後取焉。」戴錡濂洛風雅序述金氏當日編選之意曰：「每讀遺編，見其中韵語可以正人心，可以敦風俗，可以考古論世者，撮而錄之，使人洗心滌慮。非勸則懲，扶道之功何大也！」

理家論詩惟其如此，故雖忠君愛國每飯不忘之杜甫，猶蒙譏誚，而視爲無益於事；伊川語錄：「某素不作詩，亦非是禁止不作，但不欲爲此閑言語；且如今言能詩無如杜甫，如云「穿花蛺蝶深深見，點水蜻蜓款款飛，」如此閑言語，道作甚！』朱子語錄：『劉子澄言杜詩亦何用，是無意思，大部小部無萬數，益得人甚事！』於杜如此，遑論其他，若太白浩然之流哉？

觀金氏濂洛風雅一書，以賦銘贊箴誡祭文之押韵者入詩選，唐良瑞序之曰：『斷取詩銘箴誡贊咏四言者，爲風雅之正體，其楚辭歌操樂府韵語，則風雅之變體，其五七言古風，則風雅之再變，其絕句律詩，則又風雅之三變也。』可知理家所謂詩之體製，亦與詩人所謂迥不相侔；蓋理家所謂詩，凡有韵之文而有益於事理者，皆是；比、興、音節、體格，非所重矣。袁桷書周衡之詩後：『宋世諸儒一切直致，謂理即詩也，取乎平近者爲貴，禪人偈語似之矣。』題閔思齊詩卷：『唐詩有三變，至宋則變不可勝言矣。詩以比興爲主，理固未嘗不具，今一以理言，遺其音節，失其體製，其得謂之詩歟？』即攻理學詩也。

總計理學詩體佔有時間，自周邵至宋亡，約二百二十年，蟬聯不斷；其興盛沿革一以理學興盛沿革爲轉移。

一二 晚宋派

江湖諸人既沒，繼者爲晚宋詩體。晚宋諸人，皆生當宋季，卒於元初，目覩邦家傾危，君后北遷，生民塗炭，將吏死節，而興懷忠耿之情，慘惻悲憤之意，交錯胸中，發以爲聲，筆以爲詩，其韵調風格，乃不約而同趨一體；所謂亂世之音怨以怒，亡國之音哀以思也。觀天地間集宋遺民錄月泉吟社谷音諸書，可覘其概。今舉文謝林方鄭汪許眞八人爲此體代表。

（一）文天祥名雲孫，又字宋瑞，號文山，廬陵人，舉進士第一，官知贛州，元人渡江，奉詔起兵，屢職軍權，除右丞相兼樞密，出使北軍，爲所留，未幾遁歸福州，奉益王登祚，事敗，虜繫至燕，囚於兵馬司者四年，而志愈堅貞，獄中猶作興復計，遂被殺，年四十七。（端平三年一二三六——元至元十九年一二八二）有詩集二卷，又有指南錄，乃奉使脫難興復記事詩，又有吟嘯集，則囚燕所作詩，又有獄中集杜詩二百首，大氐指南錄以前之作，氣息近江湖，指南錄以後之作，則氣壯而志憤，言忠而聲正，不屑雕鏤，不違格律，與老杜爲不遠。鄉詩摭談曰：『文山詩爲南宋江西之後勁，山谷學杜、文山亦學山谷之所學，但比山谷少變化耳；然而英挺不羣之概，咄咄逼人也！』如赴闕：『楚月穿春袖，吳霜透曉韉；壯心欲塡海，苦膽爲憂天。役役慚金注，悠悠嘆瓦全。丈夫竟何事，一日定千年。』

（二）謝翺字皋羽，一字皋父，號晞髮子，閩長溪人，後徙浦城，咸淳初試進士不第，乃慨然專意古作，嘗賦宋祖鐃歌鼓吹曲騎吹曲，上太常樂工皆習之；元兵破宋，翺傾貲率鄉兵投文天祥，爲諮議參軍，天祥被執，乃往依浦陽方鳳，與永康吳思齊俱客吳渭里中，共感亡國之苦，吟諷不已，以遺懷；渭作月泉吟社，命題四方詩客，定期徵卷，使三子爲之較賞，而婺睦人士，翕然宗皋羽之學，稱睦州詩派至元甲午，去家虎林，卒年四十七。（淳祐九年一二四九——元元貞元年一二九五）生平好遊，足跡遍兩浙，所至輒感哭；嘗登子陵釣臺，設文天祥主，再拜慟哭，著西臺慟哭記，得唐方干舊隱白雲村，曰：死必葬此，以骨托方鳳，卒如其志。有會友之地名汐社，意取晚而信也。所著晞髮集，論詩主冥搜苦索，每語人曰：『用志不分，鬼神將避之！』當執筆時，瞑目遐想，身與天地俱忘，故其詩不同凡作。任士林所作謝翺傳曰：『所作歌詩，其稱小，其指大，其辭隱，其義顯，有風人之餘，類唐人之卓卓者，尤善敍事云。』丹鉛錄曰；『睎髮集詩皆精緻奇峭，有唐人之風。』儲巏睎髮集引曰：『翺之樂府古體似李賀張籍，近體在郊島間。』如西臺哭所思『殘年哭知己，白日下荒臺；淚落吳江水，隨潮到海迴；故衣猶染碧，后土不憐才！未老山中客，唯應賦八哀。』

（三）林景熙一名景曦，字德暘，號霽山，溫州人，咸淳七年太學釋褐，授泉州教授，官至從政郎，宋亡不仕，往依會稽王英孫，肆意遊咏。會楊璉眞伽發宋陵，英孫使客收遺骨，景熙從之，與唐珏合所收，葬於蘭亭，樹以冬青，記以詩咏，卒年六十九。（淳祐二年一二四二——元至大三年一三一〇）有白石樵唱集。論詩主詩文一歸說。仇仁近詩序：『近世剽竊聲響，竅蚓爭喧，自謂能詩，而不本於吾文，以文其所不能；至裂詩文爲二途，而不知其歸一也。豈有拙於文而工於詩哉？』此與同時劉會孟之說無異也。又主詩須有義說，王修竹詩集序：『掇拾風煙，組綴花鳥，自謂工且麗，索其義蔑如；古者閭巷小夫，閨門賤妾，往往根性情而作，後之士大夫反異焉何也？』此則攻擊江湖派之失也。至其所爲詩，章祖程題白石樵唱曰：『其詩大氐皆託物比興，而所以明出處，繫人倫，感世變，而懷舊俗者，至矣！至於造語之妙，用字之精，法度之整而嚴，格力之清而健，又未易明言。』方逢辰白石樵唱序曰：

『其詩悽惋，而悠以博，微以章，宛然六藝之遺音，非湖海吟嘯風月而已！』宋詩鈔曰：『白石樵唱大槩悽愴故舊之作，與謝翺相表裏；翺詩奇崛，熙詩幽婉。』越縵堂詩話曰：『霽山所作，高淡深秀，前躋石湖，後躡梧溪。』皆頗得其實。如冬青花：『冬青花，花時一日腸九折，隔江風雨晴影空，五月深山護微雪，石根雲氣龍所藏，尋常螻蟻不敢穴，移來此種非人間，曾識萬年觴底月。蜀魂飛遶百鳥臣，夜半一聲山竹裂。』

（四）方鳳字韶卿，一名景山，婺州人，本姓陳，爲方氏養子，方氏乃唐方干之裔。舉禮部不第，以特恩官容州文學。通毛鄭二家詩，宋亡，遁歸仙華山，同里吳渭闢塾敬事之，與謝翺吳思齊吟咏無虛日，其酬答詩，名風雨集。性好遊，一時名士，如牟巘、方回、龔開、戴表元、胡穆仲、仇仁近、劉聲之、陳無逸輩，皆與聯文字交，弟子甚衆，柳貫爲其魁。臨沒屬子題其旌曰「宋容州」以示不忘。卒年八十二。（嘉熙四年一二四〇——元至治元年一三二一）有存雅堂稿行世。論詩謂當有所主，仇仁近詩序曰：『余謂作詩當知所主，久則自成一家。唐人之詩以詩爲文，故寄興深，裁語婉；本朝之詩以文爲詩，故氣渾雄，事精實；四靈而後，以詩爲詩，故月露之淸浮，煙雲之鮮麗，今君留情雅道，其孰之從？』觀鳳所作，則似初由江湖派之徑，而竟主乎唐人者也。柳貫方鳳墓銘曰：『束其興觀羣怨之旨而一發於咏歌，體裁純密，聲節嫺婉，不緣鑿鏤，而神氣浩然自成一家！』黃溍序方鳳詩集曰：『發爲聲歌，無不有以厲其意，至於得失廢興之迹，皆可概見；故其語多詭苦激切，不暇爲他文人藻飾穠麗以爲工也。』皆得其實。如仙華山招隱：『軒后悲蒼劍，神娥下玉霄，攀髯初失夢，遺蛻尙陵敲，碧墮升棺木，青分產桂苗，山精依鹿竹，天雨濕雞翹，有約成孤憤，無人重久要，豢龍因姓氏，使鶴誤軒軺，冉冉將終老，冥冥不可招，無書寄青雀，有恨在中條。』

（五）鄭思肖宋亡始改名思肖，字憶翁，號所南，以示不忘故國，所南者以南爲宋也，憶翁者憶乎宋也，思肖者思乎趙也，本福州連江人，宋末太學生，博學多技，元兵初南下，叩闕上疏，詞旨切直，當路不報，遂客吳下，寄食報國寺，宋亡，坐臥不北向，終身不仕，卒年七十八（淳祐元年一二四一——元延祐五年一三一八）其爲人如此。其詩多寓意於宋，著有所南集一百二十圖詩集。論詩主詩爲最靈說，序湯西樓壯遊集曰：『天地之靈氣爲人，人之靈氣爲心，心之靈氣爲文，文之靈氣爲詩；蓋詩者古今天地間之靈物也。』與晚唐四靈詩派之見無異矣。如醉鄉：『破得愁腸了，仍還太古風，渾然無事國，不與世相通，地邁華胥外，天歸混沌中，蠢哉蠻觸氏，苦死角英雄。』此類之作，雖似平淺，實有難言之意寓於其中；或謂『思肖詩頗似錢仲文，高古獨妍，肝膽皆冰雪也。』

（六）汪元量字大有，號水雲，錢塘人，度宗時以善琴事謝后王昭儀，宋亡，隨三宮，留燕甚久，南歸爲黃冠，遊蕩彭蠡匡廬間，若飄風行雲，莫測其跡，享年頗永，元延祐二年（一三一五）猶存；有水雲集湖山類稿，其詩慷慨憂悲，存黍離麥秀之感，悽愴宛惻，多國亡北徙之思。文天祥書水雲詩後曰：『讀之如風檣陣馬，快逸奔放！』論水雲詩氣也。趙文書水雲詩後曰『國亡能寫爲詩，幽憂沈痛，殆不可讀。』論水雲詩意也。李珏書水雲詩後曰『紀其亡國之戚，去國之苦，間關愁嘆之狀，盡見於詩，微而顯，隱而章，哀而不怨。唐之事紀於草堂，後人以詩史目之；水雲之詩，亦宋亡之詩史也。』論水雲詩善於紀事也。如潼關：『蔽日烏雲撥不開，昏昏勒馬度關來，綠蕪逕路人千里，黃葉郵亭酒一杯，事去空垂悲國淚，愁來莫上望鄉臺，桃林塞外愁烟起，大漠天寒鬼哭哀。』

（七）許月卿字太空，婺源人，宋亡改字宋士，號山屋先生，嘗師事朱子門人董介軒，又從學於魏鶴山，入江淮幕，以軍功補校尉，廷對，賜進士及第，授司戶參軍，以事訟權相，理宗目爲狂士；賈似道當國，試館職言不合，歸故里，閉戶讀書，自號泉田子，從游甚衆；元兵渡江，乃深居一室，十年不言而卒；年七十。（嘉定六年一二一三——元至元十九年一二八二）有先天集行世。據其自云其詩似出自李杜昌谷，次韵程愿『二李歌行醉裏歌，君溪雨棹我煙簑，鳳凰臺上我山墅，虹馬軒高君月坡曉徑緣間追李杜，夜窗灰裏撥陰何，長哦歲晚成二老，詩社往來君肯麽?』實則氣息近江湖，去李杜體格過遠。或又謂其『幽秀之色微似唐劉長卿。』如挽李左藏：『少年謂子氣橫秋，壯已邊城汗漫遊，笠仕弗如歸亦好，讀書未了死方休；半生懶意琴三疊，千古詩情土一丘!月落錫林煙露冷，松風無籟自颼颼。』

（八）眞山民，不知何許人，但自呼曰山民，或謂乃眞西山之孫，本名桂芳，括蒼人，宋末進士入元，痛家傾邦亡，深自洇翳，有陶元亮風，所著山民集，皆近體無古體，多五言少七言，而氣象蕭散，意調幽夐，參悟之機與刻鏤之力並具。四庫提要曰：『山民黍離麥秀，抱痛至深，詩格出於晚唐，長短皆復相似，有晚唐纖佻鑪獷之習，亦有頗得晚唐佳處者。』殊不誣也。如蘭溪舟中：『一舸下中流，西風兩岸秋；櫓聲搖客夢，帆影掛離愁；落日魚蝦市，長煙蘆荻洲，篙人夜相語，明發又嚴州。』

諸公詩格相同，而尤以方謝之名爲最重，品亦最高；景熙風格未遒，文山遒而未化，鄭眞汪許又其次者也。大氐諸公初年牽入江湖，溯洄晚唐，及宋亡。山河變色，天地震動，於是憂悲移人，喪亂警目，而發口搦筆，默思動懷，皆與江湖異矣。然其餘習猶未脫盡，讀諸公詩集，其元時宋時之作，着目可知。元時之作多隱晦，多奇矯，多言情；宋時之作多淸淺，多卑緩，多述景也。

元詩受諸公影響不尠，如方鳳一傳爲柳貫，貫固元之詩文家；再傳爲宋濂，濂又明之詩文家。如謝翺在浦陽主月泉吟社，兩浙之士多宗之；故小草齋詩話曰：『元詩之所一變乎宋者，謝皋羽之功也。』若文汪林眞許鄭六公，節風正氣，化人豈淺！

後世尤稱諸家紀事詩，蓋紀事詩歷四靈江湖之刼，至此始復也。錢牧齋序胡致果詩曰：『至於少陵，而詩中之史大備，天下稱之曰詩史。唐之詩入宋而衰，宋之亡也，其詩稱盛；皋羽之慟西臺，玉泉之悲竺國，水雲之苕歌，谷音之越音，古今之詩莫變於此時，亦莫盛於此時，至今新史盛行，空坑崖山之故事，與遺民舊老灰飛煙滅；考諸當日之詩，則其人猶存，其事猶在，殘篇嚙翰，與金匱石室之書並懸日月。』

一三　各派之源流表

綜觀上述，知「香山體」出自白樂天，「晚唐體」出自賈閬仙，「西崑派」出自李義山，「昌黎體」出自韓退之，「荆公體」出自杜工部，「東坡體」出自白樂天韓退之杜工部陶淵明，「江西派」出自「西崑」「昌黎」「荆公」「東坡」諸體，「四靈派」出自「晚唐體」，「江湖派」出自「江西」「四靈」二派，而「晚宋體」又出自「江湖派」；惟「理學體」乃自剏者，無所依傍。今列表於下以明源流：

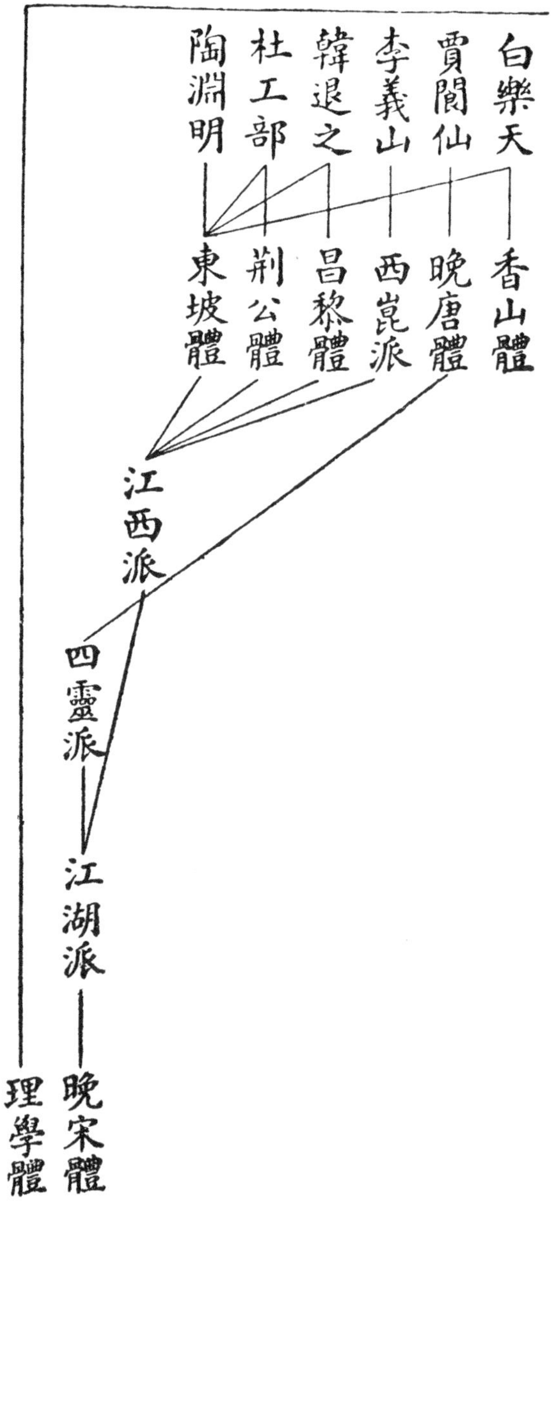
白樂天
賈閬仙
李義山
韓退之
杜工部
陶淵明
香山體
晚唐體
西崑派
昌黎體
荆公體
東坡體
江西派
四靈派
江湖派
晚宋體
理學體